白神话
山海经故事
3 生吃毒虫的蜮民

沈启◎著　李欣怡◎绘

孔學堂書局

角色介绍

黄鸟

长得像猫头鹰，拥有一颗皎洁如雪的头，身姿矫健。羽毛光泽流转，在阳光照射下泛出淡淡的金色光华，显得高贵不凡。

肃慎国人

肃慎国人，生活在白民国之北。这里的国民身上穿着雒棠树皮做成的衣服，形貌似人。传说，中原地区有英明的帝王继位，雒棠树就会生长出一种可做衣服的树皮。

帝江

像鸟一样的动物，通体泛黄，长有六只脚，两对翅膀。面部就是一张皮，像紧绷的布袋一样。没有眼睛、耳朵、鼻子和嘴巴。

穷奇

整体形态酷似一只威猛的老虎，长有一对异常巨大的翅膀，虽然不具备飞翔的能力，但这双坚硬的翅膀增添了穷奇恐怖的气息。

蜮民

蜮民国的国民都姓桑，以种植黍米为生，族群的所有人天生不怕毒物，吃毒蛇就跟吃辣条一样。

序

儿童最好的生命养料

经朋友介绍，有幸认识沈启老师。首次相见，一起吃饭，沈启老师向我简要介绍了以《山海经》为写作素材创作儿童文学作品的事情。在他绘声绘色的讲述中，我能感受到沈老师对古典文学浓厚的兴趣和对文学创作的极大热情。我虽然是中文系毕业，并且多年教语文，但很惭愧没有通读过《山海经》。

后来，沈老师将电子版书稿发给我，希望我写一篇序言。我诚惶诚恐，一来我不是名家大咖，二来儿童文学不是我主要研究的领域。但沈老师让我写序，是对我的信任，而且我们都是山西人，如果能帮一点忙，那是很荣幸的事。更主要的是新教育实验一向很重视儿童阅读，所以，就权当这篇文章是我这个后学者学习沈老师著作的心得体会。

书籍是儿童成长最重要的精神营养。读书不仅有助于儿童养成正确的人生观、价值观和世界观，而且对他们后期的学习乃至终身发展都有深远的影响。大量读书，不仅能激发阅读兴趣、培养阅读习惯、提升阅读能力，而且能丰富知识、增长见识、陶冶情操、增强想象力和联想力。爱阅读的孩子，往往爱学习，勤思考，善钻研。所以，童书对儿童健康成长有极其重要、不可忽视的价值。

新教育实验非常重视儿童阅读。朱永新老师说，“一所没有阅读的学校永远不可能有真正的教育”“阅读，是教育的基石；阅读，也是新教育实验的基石”“营造书香校园是新教育十大行动之首，也是新教育最为基础、最为关键、最为重要、最有特色的行动”。新教育专门成立了新阅读研究所，研制中小学生阅读书目，开发了“晨诵午读暮省”课程。朱永新老师还认为，“一个人的阅读史就是他的精神发育史”“阅读是个体生命走向幸福完整的必由之路”。

我的成长就受益于童书。回忆起童年，最美的时光是阅读连环画的时候。二十世纪八九十年代的山西农村，没有电子产品，没有手机，没有电子游戏，甚至连电都是到了晚上才有。父亲是语文老师，所以重视我的阅读，经常从学校的图书馆借回大量连环画和图书供我阅读。我阅读一本本连环画，沉浸在奇妙、古老、动人的故事中，超越现实环境，神驰古今中外，常常忘记吃饭和休息。用今天的话来说，处于心流状态。我正是在这种无功利的阅读中潜移默化地塑造了价值观，懵懵懂懂地知道什么是对的，什么是错的，什么是应该做的，什么是不应该做的。在这种有趣味的阅读中，增加了识字量，培养了阅读的兴趣、阅读的习惯和一定的阅读能力。从小学到大学，我最喜欢的就是语文课，从来没有为写作文发愁过。后来，我高中学文科，大学读中文系，乃至硕士、博士一路读下来，都与童年时培养的阅读兴趣和阅读习惯有密切的关系。

童书对于儿童生命如此重要，但当下儿童的阅读现状并不乐观。一方面是学校过量地作业挤占了阅读的时间，另一方面是无处不在的电子产品吸引了儿童的注意力。儿童自控力差，很难抵抗电子游戏、短视频的吸引，不少儿童在家抱着手机，沉迷于电子游戏和短视频，有的甚至深陷其中，不能自拔。长期沉浸手机，满足于感官的刺激，就越来越难有耐心阅读纸质书籍，难有沉浸式的深度阅读体验。

因此，为儿童创作优质的童书，让儿童摆脱电子产品的束缚，投入阅读中，不仅有深远的意义，更是现实的迫切需求。从这个角度讲，沈老师的这套神话故事丛书，可以说是又为全国的青少年增加了丰盛的精神食粮。

沈老师笔下的故事充满魅力，有宝贵的价值。现实与神话结合，古典与现代交织，对儿童有很强的吸引力。比如《阿健和人鱼》描写了阿健救母的动人故事。阿健曾经过着无忧无虑的生活，但突如其来的瘟疫让妈妈身患重症。为了能治好妈妈的病，阿健进深山，访名医，学游泳，上海岛，战海盗，救人鱼，最终治好了妈妈的病。故事语言生动形象、描写细腻，故事情节充满幻想、可读性强。从教育功能看，这个故事传递了孝敬父母的传统美德、不畏艰难的坚强意志、保护动物的生态观念，弘扬了中华民族的传统美德。儿童阅读这样的故事，有助于在潜移默化中增强文化自信，塑造正确、健康的价值观。

在众多的童书中，沈老师的童书有鲜明的独特性。童书中，有《男生贾里》这样的校园小说，有《草房子》这样的成长小说，有《汤姆·索亚历险记》这样的冒险小说，有《苏武牧羊》这样的历史小说，有《夏洛的网》这样的童话小说，有《地心游记》这样的科幻小说，还有《第七条猎狗》这样的动物小说。沈老师塑造的故事融历史、传奇、神话于一体，其中的动物、人物形象取材于志怪小说《山海经》。这样独特的构思，不仅使故事有了厚重感，增加了奇幻的色彩，而且有利于激发儿童对古典文学的好奇和兴趣。也许，有的孩子会通过阅读这本书而埋下阅读甚至研究《山海经》的种子，从而在潜移默化中培养热爱中华优秀传统文化的情感。从这个角度讲，这本书为传播古典文学提供了新的思路。正如最近比较火的游戏《黑神话：悟空》，其大量人物造型取材自山西等地的寺庙雕塑，激发了大众对古建筑的兴趣，带动了当地文旅产业的发展。由此也给我们启发：传统文化是储量丰富的资源库，是最能引发大众共鸣的话题，是激发创作灵感的点金石，如何创新运用，值得文艺创作者探究。

这套丛书既适合家长购买给孩子阅读，也适合学校的老师们用来给学生开发儿童阅读课程，如此，更能发挥书籍的作用和价值。我相信，孩子们一定会非常喜欢。最后，期待沈老师能继续为孩子们创作出更多优秀的童书，成为儿童文学界的又一座高峰！

郝晓东

（博士，新网师执行主任）

Contents 目录

悲痛的黄鸟

雒棠树皮制成的布

快乐的帝江

寻母的少年

生吃毒虫的蜮民

悲痛的黄鸟

黄　鸟　《山海经》之北山经

原　文　又东北二百里，曰轩辕之山，其上多铜，其下多竹。有鸟焉，其状如枭而白首，其名曰黄鸟，其鸣自诙，食之不妒。

译　文　再往东北二百里，有座山，名为轩辕山，山上蕴藏着丰富的铜，山下遍布着竹子。山中有一种鸟，形状像猫头鹰，长着白色的脑袋，它的名字叫黄鸟，它的叫声就是它名字的读音，人吃了它的肉，不会生妒忌之心。

一、隋意是一个聪明好学的孩子

隋意是一个非常聪明的孩子，做什么事都是一点就通。他的学习成绩非常好，对人也和和气气，从来不跟人争，也不跟人闹。

阳光洒满街头巷尾。街道上走着一位老人，他的腿有点瘸，走路一颠一颠的。老人想到路的对面去，他的手上还提着个篮子，篮子里放着几个鸡蛋。老人小心翼翼的，生怕一不小心把篮子摔在路上，把鸡蛋打碎了。

正在街道边玩耍的隋意看到老人的样子，忙跑过去，用稚嫩的声音说道："爷爷我帮你拿，我扶着你往前走。不要怕，有我呢！"

老人道："孩子，太谢谢你了。我的腿脚实在不中用了，那就辛苦你了。"

隋意笑着回应道："没事的爷爷，这是我应该做的。"话音刚落，他便稳稳地接过篮子，小心翼翼地搀扶着老人，一步一步稳健地走到了马路对面。"

爱玩是孩子的天性，几个小伙伴从远处看见了隋意，立刻兴奋地呼喊道："隋意，隋意，等等我们！咱们一起去捉迷藏吧！"

隋意听到后，脸上流露出快乐的笑容，回应道："好啊！你们准备去哪里呀？"

其中一个孩子说道："去镇子外的树林子里，那里树多、地方宽敞，最适合捉迷藏啦！"

其他的孩子一听，都纷纷点头赞同，于是大伙儿一边走，一边叽叽喳喳地说笑着，朝镇外的树林走去。

不一会儿，他们就来到了绿树成荫的树林中。

林子里太空旷，没法捉迷藏，一个小伙伴便提议玩老鹰抓小鸡，大家都表示同意。

按照游戏规则，隋意因身手敏捷，被指派当老鹰；一个年龄稍大一点的孩子被指派当母鸡，扮演起保护小鸡的角色，他伸展开双臂，如同母鸡护雏一般挡在小鸡们的前面。

其他孩子依次排成长长的一串，分别紧紧拽住前一个人的衣襟，扮成了可爱的小鸡，紧张而又兴奋地等待着游戏开始。

随着一声令下，隋意化身为迅猛的老鹰，时而向左猛扑过去，灵活的小鸡们在母鸡的带领下，迅速向右转，躲避老鹰的抓捕。

隋意又突然朝右边发动攻击，小鸡们再次灵敏地跟随母鸡向左转移。整个过程，每个孩子都全神贯注，享受着游戏带来的刺激和欢乐。

如果隋意能够成功绕过母鸡的阻拦，逮住排在最后面的小鸡，就意味着他作为老鹰成功捕获了猎物。

每一次逼近与逃脱，都能引发一阵欢笑声和惊呼声，孩子们在林中无忧无虑，嘻嘻哈哈，玩得不亦乐乎。

突然，一个孩子摔倒了，腿上磕破了皮，还流了血。隋意发现后，立刻背起那个孩子去了医馆。

隋意对人很热心，可孩子们还是不太愿意跟隋意玩，因为他平时总是大大咧咧的，对什么事都不上心，每次答应的事都办不到，大家觉得他没有诚信，是个不守信用的人。

然而隋意老觉得那都是一点小事，没有必要大惊小怪的。

二、隋意不守信用

天气闷热，让人喘不过气来。

出了镇子，再走两里地，有一个村子，村子里有一个大水塘，水塘里每天都有孩子们在嬉戏玩水。

隋意家隔壁，住着同学康康家。

康康听亲戚家的一个孩子讲，离镇子不远的村子里有一个水塘，每天都有好多孩子在水塘里玩水，康康知道后也想去。

康康一次也没有去过，他有点害怕，便想让隋意陪他去。

康康鼓起勇气跟隋意提出了这个请求，隋意毫不犹豫就答应了，他爽朗地说道："没问题，你放心好了。"

听到隋意如此痛快的答复，康康原本紧绷的心瞬间如释重负，喜悦之情溢于言表，他的眼神里闪烁着感激的光芒，连声说道："真的太感谢你了，隋意。"

隋意微微一笑，道："不用客气，放学后你直接过去，不用等我一块儿走。在池塘边等我，我跟你在那儿汇合。"

康康笑容满面地回答道："好的。"

学堂放学后，孩子们陆陆续续回家了，康康也回到家里，放下书包，直奔水塘。

有好多孩子在水塘里玩，康康的心也痒痒的。他想着一会儿隋意来了，他们就能一块儿下水了，这样他也不会感觉害怕了。

康康独自坐在池塘边，看着夕阳慢慢沉落，水面泛起一片金黄。

他不时向远处张望，期盼着隋意的身影能出现在视野中。时间仿佛被拉得特别漫长，每一分每一秒都变得格外煎熬。

康康等啊等，等得树叶在微风中轻轻摇曳，等得鸟儿归巢，等得天空也渐渐从淡蓝转为深邃的墨蓝。

天都快黑了，池塘边的蛙鸣声此起彼伏，而隋意依然没有出现。

康康的心里充满了失望与不解，他的眼中闪烁着一丝落寞和疑惑。

康康回到家，心情无法平静，于是他决定去隔壁找隋意问个究竟。推开门，只见隋意正在吃饭，康康问道："隋意，咱们不是说好去玩水吗？你为什么没有去？害得我一直在那儿等你。"

隋意听闻此言，放下了手中的碗筷，抬头看向康康，眼中闪过一丝歉疚。

隋意轻声回应道："康康，不好意思，我今天有事儿耽搁了，明天我一定去。"

听到隋意诚恳的道歉和承诺，康康的情绪稍有缓解，他紧盯着隋意的眼睛，坚定地说道："那说好了，明天一定去，别让我一个人傻等着。"

隋意微微一笑，用力点点头，以示肯定："你放心吧，康康，相信我，我保证去，不会再让你失望了。"

第二天放学后，康康迫不及待到了水塘边。时间一分一秒过去，天色从明媚的午后，到了温柔的黄昏。又如同前一日那样，康康一直等到天黑，还是不见隋意的身影出现。

康康再次体会到了那种难言的孤独与失落。无奈之下，他又只得带着满心的困惑和失望回了家。

康康决定再去隋意家看看情况，他敲开隋意家的门，开门的是隋意的妈妈，她告诉康康，隋意放学后，到现在都还没有回来，不知道去哪了。

康康告别了隋意妈妈，准备往家走，正好在院门口碰上了隋意。

隋意看到康康，急匆匆地说道："康康实在不好意思，今天又有事耽误了，我给你郑重道歉。"

康康看了一眼隋意，深吸一口气，温和地回应道："隋意，你不用太自责，你如果有事，就先忙，等你有时间了咱们再去也不迟。"

隋意听后恳切地说道："康康，我明天没事，请你相信我，明天无论发生什么，我都一定会去，你在那儿一直等我就行。"

面对隋意诚挚的道歉和带着满脸真诚再次许下的承诺，康康心中的失望逐渐被理解和宽容取代。

他微微一笑，点点头说道："好吧，隋意，既然你这样说，那我就再相信你一次，希望明天我们可以一起度过愉快的时光。”

第二天放学后，康康再次早早地来到了池塘边。他坐在岸边，眼睛不时扫向远处的小路，心中默默数着时间，等待隋意如约而至。

时间一分一秒过去，天快黑了，隋意依然没有出现。康康心中的失望和愤怒交织在一起，像一团熊熊燃烧的火焰，无法平息。

这次可把康康气坏了，他一个人孤独地离开了池塘，拖着沉重的步伐回到家。他决定再也不理隋意了，他实在是无法接受隋意的这种不守信用的行为，他也没有去隔壁找隋意。

然而，隋意早已经把这事忘了，只是每次见到康康，康康都不搭理他，他感到十分纳闷，不明白这到底是怎么回事。

三、隋意被同学们孤立

隋意最近比较烦，好朋友李强也不跟自己玩了。不就是没有借书给他吗，又不是不想给他看，只是老忘记给他带来而已。

有一天放学，李强跟隋意讲，想看一看他家里的一本书。

隋意自信地说道："没问题，小菜一碟，明天我给你带过来。"

第二天早上，李强见到隋意就问："书带来了没有？"

隋意拍了一下脑袋，尴尬地说道："不好意思我忘了。"

李强大度地说道："没事，你明天带过来就行。"

又到了第二天，隋意看到李强，才想起带书的事，他连忙跟李强解释道："你看我这记性，我明天保证给你带过来。"

第三天，李强在学堂门口看到隋意，随口问道："书带过来了吗？"

隋意不好意思地说道："没有，忘了。"

李强有点不高兴了，说道："你不用给我带了，我不看了。"

隋意急了，说道："你怎么这么小心眼？我是忘记了，又不是不想给你看。"

李强道："没事，我不看了。"说完就走开了。

从那之后，隋意发现李强再见到自己时，总是别别扭扭的，不太自然。隋意觉得很奇怪，他不知道李强为什么会这样。

隋意心里还在想，"这是个多大的事，还值得你跟我闹别扭。"

隋意一直没有反省自己，反省是不是自己错了，或者自己有什么问题，而是觉得别人小题大作，都在跟自己过不去。

隋意开始变得不爱跟人接触，变得沉默寡言，总是一个人待着，什么时候看起来都死气沉沉的，没有一点活力。

他始终不认为自己有错，直到有一天他遇到了黄鸟。

四、隋意遇到了黄鸟

现在，好多同学都不爱跟隋意玩了，他感到非常苦闷。

这座山成了隋意逃避的场所，难受的时候，隋意就一个人到这里来，坐在山顶上看远处的风景。

他到现在也想不明白，自己学习成绩好，对人也热情，也不喜欢跟人吵闹，唯一的缺点就是有时候说话不算数。可这才多大点事，同学们就都不爱跟他在一块儿玩了。

然而隋意不知道的是，诚信才是做人的基础，没有了诚信，一切都会归零。

隋意在山顶上漫无目的地看了一会儿，感觉心里很烦躁，他想努力使自己的心情平复下来。

他从书包里掏出书来，想认真读上一会儿，转移自己的注意力，无奈怎么都冷静不下来，气得他用两只手使劲挠自己的头。

阳光从树缝间照射进树林，抬头望去，有种眩晕的感觉。隋意不知道自己错在哪了。

自己一没有偷，二没有抢，也没有打骂人，大家为什么要这么对他。他的心上仿佛压着块石头，一直解不开这个谜。

“小伙子，怎么啦？我看你经常坐在这儿发呆，心神不定，你有什么心事吗？”

隋意听到有人问他，左右环顾也没看到人，他正在纳闷，又听到一个声音说道：“我在这儿呢！”

他循着声音望过去，原来是树上站着的一只鸟在跟自己说话。

只见它长得像猫头鹰，有一颗皎洁如雪的头，身姿矫健，羽毛光泽流转，在阳光的照射下泛出淡淡的金色光华，显得尤为高贵。

隋意微笑着说道：“你好，我叫隋意。你叫什么名字？为什么会在这里？”

小鸟回答道：“我叫黄鸟。关于我在这里的原因，说来话长，有时间我再跟你细聊。你先说说你的情况吧。”

隋意把他的想法和遭遇跟黄鸟说了一遍，只见黄鸟轻轻摇了摇头，道：“你说的事情很严重，但你知道自己错在哪里了吗？”

隋意望着黄鸟，摇了摇头，茫然道：“我不知道。”

黄鸟沉思片刻，对隋意说道：“我给你讲个故事吧。

就在这时，天空中突然响了一声雷，下雨了，一人一鸟只能约好下次再见。

五、黄鸟给隋意讲的故事

过了三四天，到了约定的日子，隋意来到了树林。

隋意刚刚坐好，就听黄鸟说道：“隋意你好，你今天很守时，很讲信用，我认为你是一个信守诺言的人，可为什么大家会离你而去呢？”

隋意道：“这次是因为我特别想听你的故事，也是我第一次这么守时。”

黄鸟轻轻地“哦”了一声，然后说道：“我的家乡本来在北方，我们一家三口生活得很幸福。只是我的孩子屡次不守信用，因此犯下了错误，造成了难以挽回的后果。”

“我们的邻居是一对喜鹊夫妇，它们也有一个孩子。

“我的孩子喜欢跟喜鹊的孩子一块儿玩，我们两家也相处得不错。

“时间长了，为了对付共同的敌人——老鹰，我们专门让一只鸟监视老鹰的活动轨迹。

“如果老鹰过来，监视其活动的鸟就要发出预警，这样大家就能躲避起来，免受老鹰的侵扰。

“我的孩子贪玩，有一次它感到无聊，便对着天空发出了预警的声音，大伙儿连忙躲了起来，结果等了一上午也没有看见老鹰的身影。大伙儿这才知道是我的孩子玩的恶作剧，但只能选择原谅它。

“又过了一段时间，我的孩子又发出了预警的声音，大家又躲了起来，结果还是没有看到老鹰。

“我的孩子屡次三番地戏弄大家，遭到了我和孩子爸的严厉批评，但因为我们疼爱它，最终原谅了它。

“对我们的教育，它不以为然，它觉得发出假预警不是什么大事，不就是逗大家乐一下吗！

“然而有一天，它在巡视的时候真的发现了老鹰，它拼命预警，但这时大家已不再相信它了。

“喜鹊家的孩子，正在树枝上玩。

“听到我家孩子的预警声，喜鹊的孩子大声说道：‘又想骗我！我才不躲起来呢！’话音刚落，老鹰一个俯冲，就把喜鹊的孩子叼走了。”

隋意听到这里，急忙问道：“那后来怎么样了呢？”

黄鸟听到隋意的询问，道：“后来，后来……”连说两个“后来”，声音哽咽，黄鸟讲不下去了。

隋意安慰道：“如果你觉得难受，就不要讲了，以后有时间我再听你说。”

黄鸟抹了抹眼泪，道：“不，我一定要说，我一定要告诉你，我不希望我们的悲剧在你的身上发生。”

隋意点点头，道：“那好吧。”

六、老鹰叼走了黄鸟的孩子和丈夫

“丧子的悲痛，让喜鹊大婶变得沉默寡言，但时间久了，大家也就习惯了。我的儿子感到非常内疚，它想尽一切办法对喜鹊一家好，想弥补自己的过失。就这样，慢慢地两家又变得和谐起来，我以为这个事情就算过去了。谁知道仇恨的种子一旦播下，它是会生根发芽的。

“这是两年以后的事了。

“那天，我去拜访远方的一个亲戚，孩子和它爹留在家里，这次预警员是死去的小喜鹊的妈妈。天空中飞来三只老鹰，两大一小，可能也是一家子出游。老鹰一家飞到我们的领地上空，喜鹊妈妈本应该预警的，可是它偷偷藏了起来。说时迟，那时快，孩子和它爹正在门前玩耍，一点防备也没有。两只扑下来的老鹰，把孩子和它爹都叼走了。等我第二天回去时，喜鹊一家已经搬走了，孩子和它爹不在家里，我疯狂四下寻找，找到了它们零碎的羽毛和血迹，我知道它们没命了。

“我的心在颤抖，我的心在滴血，我不能继续在那儿生活了，只要看到那片土地，我就会想起孩子和它爹。而这一切的起因，都是因为孩子的谎言，因为我们对孩子的教育不够好，才发生了这样的悲剧。”

黄鸟接着说道：“孩子，我觉得你挺好的，我在镇子上溜达的时候，发现你经常都在帮助别人，我觉得你是个好孩子，你不应该再重复自己的错误，也不应该犯了错误而不自知。”

隋意听完黄鸟的话，道：“非常感谢你。如果不是你

跟我聊这些，我还不知道我自己错在哪里，也不知道做错事的危害这么严重，我以后一定改正。”

黄鸟道：“一个人如果没有诚信，那一切都无从谈起。”

隋意道：“好的，我记住了。再一次感谢你，我有时间会经常过来看你的。”

黄鸟道：“好的。”

一人一鸟挥手告别。

七、隋意开始把诚信看得非常重要

信用这东西，就像存钱，挥霍的时候很快，存储的时候很费劲。

自打跟黄鸟交谈后，隋意决心做一个诚实守信的人。

放学后，同学苏雨想跟隋意一块儿回家。在路上，夕阳洒在他们身上，金黄的光辉映照着两人稚嫩的脸庞。

苏雨突然道：“再过十几天，我跟我哥打算去山林里玩，想借你的罗盘用一下，可以吗？”

隋意一听，毫不犹豫地答应道：“当然可以，没问题。我的罗盘你尽管拿去。”他的眼神里充满了真诚与热情。

苏雨听后却有些将信将疑，他笑着打趣道：“真的假的？别到时候拿不来，我可就惨了。既然你这么说了，我就相信你，不再去找别人借了。”

隋意拍着胸脯保证道：“这次我绝对说到做到，明天我就把它带到学校给你。”

苏雨高兴地说道：“好的，谢谢。”

隋意微笑着回应道：“不谢，同学之间互相帮助，应该的。”

隋意回到家中，开始翻箱倒柜寻找那个珍藏已久的罗盘。他仔细地检查了书桌、抽屉甚至床底，可是翻来覆去半天也没有找到。

他不由得焦急起来，略带急躁地向妈妈询问道：“妈妈，你看到我的罗盘了吗？”

妈妈正在厨房忙碌，听到儿子的呼唤，忙擦了擦手上的水渍，回答道：“见到了，前两天你舅舅来咱家拿走了，我一时忘了告诉你。”

隋意听闻此言，不禁“啊”了一声，脸上闪过一丝尴尬和焦虑，道：“我答应了我的同学，明天要把罗盘带给他，如果拿不过去，那我又失信于人了。”

妈妈看着儿子一脸认真，想了想建议道：“过两天你舅舅下来时，我叫他顺路把罗盘带回来，你再转交给你的同学。你舅舅家离咱这有五里地，太远。我们在你同学需要之前拿回来，不耽误同学的事不就行了吗？”

隋意态度坚决地摇摇头，说道：“不行，我就是以前老不把别人的事当回事，说话不讲信誉，搞得现在好多人都不信任我了。现在我必须把我的信誉找回来，如果我明天不能把罗盘带给同学，那岂不是又一次违背了自己的承诺？我答应的事必须办到，我现在就去舅舅家取。”

妈妈听儿子讲得有道理，被深深触动了，她理解了儿子的决心，便跟儿子一块儿去舅舅家取回了罗盘。虽然回来已经很晚很晚了，但母子俩都很开心。

第二天，隋意把罗盘递给了苏雨。

苏雨笑着说道：“谢谢你隋意，我还想着你今天要是拿不过来，我就去向别的同学借了呢。看来是我多心了，不好意思啊。”

隋意回答道：“没关系，都是我以前做得不好，我以后会努力改正的，保证不会再有不守信用这种事情发生了。”

苏雨听了，走到隋意身边，给了他一个大大的拥抱。两个小伙伴都开心地笑了。

八、说过的话就一定要做到

隋意的真诚终于慢慢换回了同学们的信任，大家又都开始喜欢跟他一块儿玩了。

教室里、放学路上、街道上，到处都有隋意和同学们的身影。

随意没事的时候，就经常去山林看黄鸟。后来，隋意也带着同学们一块儿过去看黄鸟，慢慢地大家都变成了朋友。

黄鸟到过许多地方，经历过好多事，同学们都特别喜欢听黄鸟讲故事，黄鸟也特别喜欢听同学们讲他们的趣事。

每次聊天，大家都觉得意犹未尽。

然而，越是快乐的时候，黄鸟的心里反而变得越寂寞，因为它想它的家乡了。

有一次，隋意又来找黄鸟聊天。聊着聊着，隋意发现黄鸟似乎有些伤感。

隋意关切地问道：“你怎么了？感觉你有心事。”

黄鸟叹了口气，道：“也不知道为什么，最近这两天特别想念家乡，想回去看看，看看家乡的山和水，看看孩子和它爹原来在的地方。”

隋意想了想，说道：“那还不容易？你想看就回去呗。”

黄鸟摇摇头，道：“我一个人回去容易伤感，我想你陪我一起回去，可以吗？”

隋意看着黄鸟那期待的神情，赶忙说道：“没问题，没问题，等我放了暑假就陪你回去。”

黄鸟听了，高兴得从树枝上跳到地下，兴奋地转了好几圈。隋意看着黄鸟欢快的样子，也跟着笑了起来。

日子过得很快，时间一晃，暑假就来临了。这天晚上，妈妈对隋意说道：“儿子，明天就放假了，你陪妈妈去你姥姥家住几天吧。”

隋意听完妈妈的话，面露难色，道：“妈妈，我可能去不了。”

妈妈疑惑地问道：“为什么呀？”

隋意答道："我已经答应了黄鸟，放暑假陪它回它的家乡。"

妈妈满不在乎地说道："你也就随口一说而已，那么远的路程，你能走得到吗？"

隋意一脸坚定地说道："妈妈，男子汉做事要说到做到。不能因为路途遥远，就做一个言而无信的人。"

妈妈听了隋意的话，高兴地为他竖起了大拇指。

第二天，阳光暖暖的，隋意肩上站着黄鸟，一人一鸟踏上了回乡的路。

他们一路上有说有笑，充满了欢声笑语。隋意知道，这趟旅程不仅是为了兑现自己的承诺，更是为了满足黄鸟的思乡之情。

他下定决心，不论遇到什么困难，都要陪伴黄鸟，完成这次归家之旅。

雒棠树皮制成的布

肃慎国 《山海经》之海外西经

原　文 肃慎之国在白民北，有树名曰雒棠，圣人代立，于此取衣。

译　文 肃慎国在白民国的北方，那里有一种树叫雒棠树，中原地区有圣明的天子出现，那里的人会用雒棠树的树皮来做衣服。

一、穿雒棠树皮衣服的肃慎国人

雪花飘起来了，越下越大，方圆几百里白茫茫的一片。任性的雪花似乎没有停住的意思，还在不停地下着。

屋子里的人正一边烤着火，一边不停地往炉子里加木柴。

木柴把炉子烧得通红，外边实在是太冷了，人们围在炉子旁边，还要把手伸出来，不时放在火上烤烤，然后把两只手的手掌对着，来回搓。

他们穿的衣服都是树皮做的，在天气好的时候，他们把雒棠树的树皮剥下来，晒干，然后用麻绳串起来，把树皮裹在身上，用来遮羞和防寒。

要知道，树皮不加工的时候是硬邦邦的，所以，有条件的人家会在腰上加一块兽皮。没条件的人家，冬天就只能待在屋子里，靠烧木柴取暖过冬，然后等春暖花开。这就是肃慎国国民的现状。

“宋成，你去张婶家把碗取回来。”妈妈对宋成说道。

宋成应了一声：“好的，妈妈，我现在就过去。”然后一溜烟跑了出去，出去的时候连门都没关紧。

不一会儿，一阵冷风吹进屋子，妈妈不禁打了个寒战。她起身去关门，嘴里还自言自语道：“这孩子，什么都好，就是做事马马虎虎，一点儿都不认真。”

过了一会儿，宋成取回了碗，放下后就赶忙跑到火炉旁烤手。妈妈对他说道：“宋成，以后做事严谨一点，别老是毛手毛脚的。小事做不好，大事就更做不好了。”

宋成满不在乎地说道：“妈妈，有那么严重吗？我不就是没把门关好吗？你重新关一下不就好了吗？我也不是有意的。”

妈妈语重心长地说道：“宋成，这看似是一件小事，但很多习惯都是通过小事养成的。如果你不改正这些坏习惯，就会被它们掌控。”

宋成道：“好的，妈妈，我知道了。”尽管嘴里答应着，但是宋成心里还是不当回事。

二、哥俩去挖杜衡草

严寒的冬天终于过去了，天气渐渐暖和了，人们开始走出家门，来到街道上，迎接春天的来临。

大家相互打着招呼，有的约着去踏青，有的约着去串门，还有的约着一块儿谈天，聊聊今年准备做的事情。

肃慎国的人居住在森林里，他们喜欢骑马打猎，在天气暖和的时候，将猎物晒成肉干，作为一整个冬天的粮食。

随着天气的暖和，各种走兽也都出来四处活动了，大家也都开始狩猎了。

森林里有一种草，叫杜衡草，长得像葵菜，圆形的叶子，有一米高，开很小的白花，它的味道跟蘼芜的香气一样，人们要是佩戴上它，骑上马儿就能够使马儿跑得飞快。夏天采摘杜衡草是男孩子们必做的事。

一个阳光明媚的早晨，妈妈对宋成说道："宋成，今天你带着弟弟一起去采摘杜衡草。你要教他如何识别和采摘杜衡草。"

宋成爽快地回应道："好的，妈妈，我知道了，这点小事没问题。"吃完早饭，宋成便带着弟弟宋福出发了。

杜衡草这种植物有个特点，就是喜欢跟葵菜生长在一起，而葵菜又跟杜衡草长得非常像，如果不仔细辨认，就很容易将葵菜误认为是杜衡草。

宋成和宋福走了很远的路，宋福一路上都在嘟囔：“哥哥，还要走多久啊？哥哥，还有多远啊？”

宋成安慰弟弟道：“快到了，快到了，再坚持一下就到了。我的小弟是最坚强的人，这点路不算什么。”

宋成的话让宋福心里乐开了花，他说道：“是的，哥哥，我没事，这才哪跟哪啊，咱们快点走吧。”

哥俩一路上有说有笑。终于，目的地到了，宋成对弟弟说道：“宋福，我们到了，就在这里采摘吧。”

说完，宋成从地里挖出一棵杜衡草，对宋福说道：“你看清楚了，跟这个一模一样的就行，千万别挑错了。”

宋福点点头说道：“好的，哥哥，我知道了。”

哥俩开始在地里寻找杜衡草。不一会儿，宋福挖到一棵葵菜，他兴奋地问道：“哥哥，你看我挖的是杜衡草吗？

宋成瞟了一眼，随口说道：“是，你挖吧。”于是，宋福便开始把葵菜往自己的背篓里装。

过了一会儿，宋福远远地又举起一棵葵菜，问道：“哥哥，我摘的对吗？”

宋成边忙自己的边回答道：“对。”说完，他就继续埋头苦干，也没有过去仔细核实一下。

三、把葵菜当成了杜衡草

“妈妈，我们回来了。”刚进院门，宋福就扯着嗓子大声喊道。

妈妈笑盈盈地从屋子里走了出来，她要看看哥俩的劳动成果。

妈妈让他俩找了一块木板，把采摘回来的杜衡草放在上面晾干，这样什么时候佩戴都行，不然放在一起的话，天气热就会烂掉。

“怎么全是葵菜啊！”妈妈叫了起来。

哥俩过去一看，从宋福背篓里倒出的，只有几根是杜衡草，剩余的全是葵菜。

妈妈道：“我就说你们今天怎么会挖到这么多呢，这到底是怎么一回事？”

宋福道：“妈妈，我采摘的时候，问哥哥了，他说这就是杜衡草，我连着问了好几次，他都说是，所以我就照着摘了。”

妈妈看向宋成，道：“是这么一回事吗？”

宋成看了妈妈一眼，低下头默不作声，他这时才想起，弟弟问他的时候，他正在想别的事情，就随口回答了弟弟，现在想起来真有点后悔。

妈妈道：“孩子，妈妈不是怪你们没有摘对杜衡草，而是觉得，这么远的路，你们这么辛苦地过去，却采摘回来一堆没用的东西。你们这种不用心的行为，在关键的时刻会害了你们。”

两兄弟听了妈妈的话，都蹲在地上一言不发，妈妈气得扭头回到了屋里。

铛、铛、铛，锣声响了，村里召集大家去村口的空地上集合。

村长满脸喜色，据说他带回个好消息，说有个独特的配方，可以把雒棠树皮跟一种草药混合，通过一口大锅熬煮，再细心铺平晾干，便可将其制成如同桦树皮一样薄薄的树皮，柔软耐磨。

用麻绳把树皮串起来，直接穿在身上，不会像以往的树皮那样出现大的缝隙，对于即将到来的寒冬，其御寒功能大大提升。

村民们听后非常高兴，个个欢欣鼓舞，眼中闪烁着期待的光芒，大伙儿只等着村长下命令，安排怎么干活。

村长告诉大家，从每家每户抽调一名壮劳力，统一集结到村口那块宽敞的空地上，搭建临时工棚作为生产场所。

然后，大家按照排班轮流值日，用各种工具干活，把这种新工艺的树皮搞出来。大家都表示赞同。

四、锅里的水给熬干了

村口的空地上，很快支起了一口大锅，大家把雒棠树的树皮放入锅中，然后再放入藁茇草慢慢熬制。

藁茇草的茎是直立的，里面是空心的，叶子是羽毛状的，中间的叶子长得大，最上面的叶子长得小。

藁茇草和雒棠树皮的加入是有严格比例的，每隔一个小时往锅里放一根藁茇草，不能多也不能少，这样才能把雒棠树皮的精华熬煮出来，晒干后它会变得非常柔软，从而剪裁起来就非常方便了。

这天轮到宋成和袁易值日，晚上吃过饭，妈妈还一再叮嘱宋成：“一定要认认真真的，千万别马虎行事，这关系到全村老小的希望。要是有个闪失，咱们担待不起。”

宋成拍着胸脯说道：“放心吧，妈妈，绝对不会有事的。”

妈妈站在门口看着宋成走远，心里还是放心不下，可又没有办法，家里就宋成一个壮劳力，只能派他去。

宋成到的时候，袁易也到了。

因为得二十四小时不间断添水添火熬制，十天左右才能熬制好，所以每天村里派出两个人值日，大家对此也非常上心，每一个人都认真负责，生怕出了问题对不起大家。

刚开始，宋成和袁易倒是认真守着，后来两人觉得没有必要，到后半夜的时候，便商量了一下，点了根香，以三根香为基准，一个人看着一个人睡觉，一根点完再点一根，三根香全燃完了，就把睡觉的那个人叫醒，接替看守的这个人，这样两个人都不累，也能把事情完成。

袁易拉着风箱，炉子里的火烧得很旺，过一段时间，袁易起身再往锅里添水、加藁茇草，一切都有条不紊地进行着。

三根香燃完了，袁易叫醒了宋成，让他起来做事，然后袁易便去睡觉了。

宋成坐下后，添了点干柴，起身又看了看锅里的水，还非常多，不需要添，他就一个劲地往炉子里添柴，他很卖力地拉着风箱。

突然，他大叫一声“不好”，把睡着的袁易也惊得站了起来。只见锅里开始冒烟了，原来是因为他拉风箱时无意识地想着心事，忘了往锅里添水了，导致锅里的东西全部烧焦了。

宋成望着这一切，呆若木鸡，愣在那里一动不动。

五、宋成把肠子都悔青了

第二天，全村人都知道了这事，人人欲哭无泪。那可是全村人的希望，却因为宋成做事不用心，全毁了。

宋成现在待在家里，已经没有脸见人了，妈妈也不再唠叨他了，宋福也不爱跟他说话了，更甚的是全村人开会决定一件事：以后做什么都不叫宋成了，宋成也成了全村人教育孩子的反面教材。

宋成的肠子都悔青了，他后悔把妈妈的叮嘱当成了耳旁风。

小事不当回事，慢慢就会酿成祸事，这种教训让他刻骨铭心。

宋成变得两眼无神，每天发呆，或是睡在炕上一动不动。

过了几天，事情平息后，妈妈坐到炕前，拉着宋成的手说道：“事情已经发生了，过去的就让它过去吧。男子汉大丈夫需要有担当，你这样每天躺在炕上睡觉又算什么呢？如果你觉得自己做错了，那就要加倍努力弥补过失，这样你才能重新做人。”

听了妈妈说的话，宋成的眼泪像决堤的江水喷涌而出，他哭着说道：“妈妈，我知道错了。以前你说我的时候，我都没当回事，总觉得那些都是小事，不需要在意，等遇到大事的时候再注意也不迟。现在我才知道，小事如果不用心去做，大事就更做不好了。”

妈妈语重心长地说道：“孩子，人都会犯错误，关键是要能认识到自己错在哪里，然后勇敢地站起来，继续把未做完的事情做下去。”

宋成擦干眼泪，坚定地说道：“好的妈妈，我明白这个道理了，明天我想出去闯闯，找到更好的配方，做出更好的布料，让大伙都有衣服穿。”

妈妈听了宋成的话，感到非常欣慰。妈妈说道：“孩子，你去吧，妈妈相信你一定能成功。跌倒了再爬起来，还是好孩子。”

宋成点了点头，道：“好的，妈妈，你照顾好自己和弟弟，我明天就出发。”

妈妈把宋成搂在怀里，抚摸了一下他的头，充满慈爱地说道：“孩子，你在外一定要照顾好自己，遇到困难不要轻易放弃，多向别人请教，多思考，妈妈相信你一定能克服困难，实现自己的目标。”

宋成感受着妈妈的温暖，心里充满了力量和勇气，他知道，无论前方有多少困难和挑战，他都不会孤单，因为妈妈永远都会在他身后支持他、鼓励他。

六、蛊雕袭击宋成

天刚蒙蒙亮，村里的鸡鸣声还未响起，大家都还在睡梦之中，宋成一个人带着妈妈的叮嘱出发了。

在这之前，他特意让妈妈四处打探，得知要寻找的独特配方在遥远的南方。那里的人非常聪明，他们有各种各样的创新发明。

通往南方的道路十分遥远，沿途不仅艰难险阻重重，猛兽更是频繁出没，许多地方荒无人烟，充满了许多未知的危险。

正因如此，尽管南北两地间有着丰富的交流往来，但真正能从北方安然前往南方，再平安返回的人，却是屈指可数。每一次成功的往返，都堪称奇迹。

而这一切，并未让宋成有丝毫退缩，他坚定地向着南方出发了。

在走了五百多里路后，宋成第一次遇到了危险。

有一条河挡住了他的去路，他找来一根棍子测了一下，河水并不太深，水大概没到他的腰间。

他用棍子探索着前路，慢慢地往前走。这时，忽然传来了婴儿的哭声。他正奇怪时，只见一只野兽向他扑了过来。

这只怪兽形似大雕，头上长着两只角，它用双脚划着水，用两只翅膀扇动着水面，眼睛里充满了邪恶，张着弯钩般的大嘴。

面对这一突发情况，宋成并没有惊慌失措，而是冷静地举起了手中的棍子。就在野兽快要扑到他身上的瞬间，他用棍子照着野兽的脑袋打了下去。野兽落入水中，被水冲走了。原来，这是一只蛊雕。

路途的艰险，没有挡住宋成认真做事的决心。又走了三百多里路后，宋成在山中遇到了一只像幼猪一样的豪彘。

它身上长着白色的毛发，一根毛发有簪子那么粗，身子的顶端是一溜黑色的毛。此刻它正用身子使劲蹭旁边的一棵树。

宋成本着人不犯我、我不犯人的原则，一边盯着豪彘，一边轻声从它身边走过。豪彘此时身上正发痒，它也就没有去攻击宋成，只是叫唤着在树上蹭来蹭去。

宋成这次没有跟毫彘对抗，他侥幸自己顺利通过了这里，不由得加快了步伐。

七、吃人的傲咽

对于宋成来说，风餐露宿早已习以为常，他并不觉得这有什么可怕的。真正令他心头紧绷的，是那些潜藏在暗处的未知危险。

这天，宋成从河里抓了几条鱼烤熟后充饥，吃饱后，他便斜靠着柞树的树身躺了下来，并将木棍紧紧抱在胸前，以防范突如其来的袭击。

夜幕悄然降临，四周静谧得只剩下林间的虫鸣和远方的兽吼。

一只奇特的怪兽在这时悄无声息地出现在了宋成的视线中。

那怪兽体型似牛，通体雪白，头部长着四只尖锐的角，身上的长毛密密麻麻，仿佛披着一件厚实的蓑衣。

这正是传说中的凶猛怪兽，它的名字叫傲咽，喜欢吃人。

宋成在半梦半醒间察觉到有东西慢慢靠近，尽管对方脚步轻得几乎悄无声息，但仍然被他敏锐地捕捉到了。

他猛然睁开眼睛，只见那只傲咽距离自己仅有三四米远，正蓄势待发。

就在这一刹那，傲咽发动了攻击，向宋成疾扑而去。

凭借本能反应，宋成迅速侧身躲避，傲咽的角瞬间撞上了宋成背后的柞树，树身顿时留下了两个深深的窟窿。

看着眼前的场景，宋成不禁惊出一身冷汗，若非刚才躲闪及时，他此刻怕是已命丧傲咽之口，那种恐惧感让他全身颤抖。

面对再次扑来的傲咽，宋成深知，逃跑只会让自己陷入更大的危险之中，因此他选择与傲咽对峙。他手中紧紧握着木棍，目光坚定，充满警惕。

或许是因为感受到宋成的顽强抵抗，傲咽犹豫片刻后，最终选择了缓缓离开。傲咽消失在黑暗中后，宋成无力地瘫坐在地上，心中的紧张久久无法消退。

通往南方的道路依然漫长且充满未知，经历这次生死危机后，宋成心中开始纠结："是否还要继续前行？"

路途中的艰辛困苦、风吹日晒，他都能咬牙承受，然而一次次在生死边缘的挣扎，却让他心生畏惧。

去还是不去？这个问题像一块巨石，压在他的心头。让他的决心在坚定与动摇之间摇摆不定。

就在这时，他的眼前仿佛出现了妈妈的身影。他看到妈妈正亲切地对他说道："孩子，吃得苦中苦，方为人上人。要想让大家重新认识你，就必须有一个全新的开始。如果半途而废，只会自取其辱。"

宋成抬起头，望了望夜空中的星星，星星眨着明亮的眼睛正看着宋成。宋成握紧了拳头，又坚定了自己的信心。

他不停地走着，毫不畏惧，一心向南。日复一日，月复一月，无论刮风下雨，还是烈日当头，他始终坚持不懈。

经过无数个日夜的跋涉，终于，在阳光明媚的一天，一座繁华热闹的南方小镇出现在了他的视野中。

错落有致的房屋，熙熙攘攘的人群，空气中弥漫着的各种香气，以及人们脸上洋溢的笑容，都让他感受到了前所未有的希望与活力。

八、宋成把雒棠树皮制成了布

宋成在镇子上找到了掌握这项制布技艺的匠人。他拜师学艺，跟随当地师傅，从采集合适的雒棠树皮开始，到剥皮、浸泡、软化、敲打、拉伸、编织、晒干等，学习一系列繁琐而复杂的工序。

经过无数次实践和摸索，宋成逐渐掌握了这门古老手艺的核心要领，并在两年的时间里不断改良和创新。

他发现，在捣烂的雒棠树皮中，加入特制的植物汁液和其他配料，可以大大提升树皮布的韧性和柔软度。

通过调整配比和改进工艺流程，宋成最终熬制出一种类似糨糊的浆液，将浆液均匀地涂抹在处理过的雒树皮纤维上，再经过精心设计的十几道严谨的工序加工，最后制作出来的树皮布就跟绸缎一样柔软，剪裁出来穿在身上，不仅能很好地御寒，而且还非常美观。

五年后，宋成回到了家乡肃慎国，他带回来了一块上等的布料。村民们听说宋成学艺归来，纷纷前去看望。

不过大家心中仍然存有疑虑，不确定宋成是否真的掌握了制作布料的真本事。但是，当他们看到宋成带回来的布，心中的疑虑逐渐消散，他们觉得宋成说的也许是真的。

得知宋成掌握了做布的技艺，村长积极行动起来，安排人在村口开阔的空地上支起了一口硕大的铁锅，还特意挑选了几名壮实有力、心灵手巧的村民，随宋成一起做熬制布匹的工作。

按照宋成传授的方法，人们首先从山上采集了大量的优质雒棠树皮，并将其捣碎成细腻的纤维状。

又同样将具有韧性的藁茇草精心捣烂，将特殊的植物汁液和配料，严格按照宋成给出的比例，混合在一起，投入大锅中慢慢熬煮，熬煮期间需要不断搅拌，以确保原料均匀融合。

整个过程庄重而神圣，村民们个个屏息凝神，瞪大眼睛紧盯着锅中的变化，不敢有丝毫的懈怠和疏忽。

大家都知道，这关系到他们能否改善生活质量，从而摆脱冬季寒冷所带来的束缚与困境。

二十个日夜交替过去，熬制的过程漫长而艰辛，但功夫不负有心人，大锅中的材料经过时间与火焰的洗礼，终于熬制完成。

宋成亲自操作，将熬好的物料通过繁琐精密的十一道工序，逐一加工处理，一块质地如绸缎般光滑柔软、保暖美观的布匹展现在众人面前，宣告他们的努力取得了圆满

的成功。

男女老少闻讯纷纷来到村口，欣喜地围观这块承载着希望的布匹，心中的喜悦难以言表。

从此以后，他们再也不用畏惧冬日的严寒，冬天也可以自由出行，不用再被束缚在狭小的屋子里了。

为了庆祝这一历史性的时刻，村里举办了盛大的宴会，家家户户都摆出了自家最好的菜肴，人们举杯同庆，向宋成竖起了大拇指，赞颂他为村庄带来的巨大改变。

看到周围载歌载舞、满面笑容的人们，宋成也终于释然，过去的一切已化作轻烟消散，他知道，自己已经走出了那段阴霾的日子，迎接他的将是更加美好的未来。

九、宋成和村民过上了富足的生活

冬天来了，雪花又一次覆盖了大地。在一片银装素裹的树林中，一阵欢快的笑声打破了冬日的宁静。

几个身强力壮的年轻人扛着猎枪，成功捕获了一只肥硕的兔子。

如今的冬天，对于这个村庄来说，已不再是往昔那让人困守家园、瑟瑟发抖的季节。

宋成带回的雒棠树皮制布技术，彻底改变了村民们的生活，人们穿上了由这种布匹制成的厚实衣物，抵御住了严寒的侵袭，行动不再受限制，想去哪里就去哪里，真正过上自由自在的生活。

宋福注意到哥哥宋成最近总是陷入深深的沉思之中，忍不住好奇地问道：“哥，我看你最近总是在琢磨，你又在想什么呢？”

宋成听后微微一笑，道：“我在想，现在的衣服虽然能够御寒，但是不能抵挡野兽锋利的牙齿。如果能够制成一种特殊的布匹，用来抵挡野兽的袭击，那么大家以后就会减少很多危险。”

宋福听完哥哥的话，不禁感叹道：“哥哥，我觉得你现在变了，变得跟以前不一样了。你现在做事情不仅非常严谨认真，而且处处想着创新。”

宋成看着宋福那一脸认真的神情，笑了笑，表示认可他的说法。

宋成经过无数次试验，终于研制出了最新的布匹。这种布匹箭射不穿，野兽的牙齿咬不烂，火烧不了，水也浸不湿。

宋成的一位好友在一次外出游玩时，无意间到了邻国。他发现这个原本宁静的国家正遭受着外敌的侵略，战火纷飞，民不聊生。

回到家乡后，这位朋友立即找到宋成，将这一危急的消息及亲眼所见的战争惨状，详尽地告诉了宋成。

得知此事，宋成心怀悲悯与豪情，决定利用自己研发的新布匹，帮助邻国抵抗外侮。

他带上自己的创新成果，与好友一同踏上了前往邻国的路。抵达邻国王城后，他们成功拜见了皇帝及满朝文武大臣。

在大殿之上，宋成向众人展示了他的特殊布料，并详细介绍了这种布匹能够有效抵御箭矢攻击的特性。

皇帝听闻后深感震撼，立刻下令请宋成为将士们制作这种防御布料并制成战袍。

当将士们披上用新布料制成的战甲后，他们的身体得到了更好的保护，而心理层面更是收获了无比的勇气与坚定的信心。面对敌军如雨般的箭矢攻击，他们毫无惧色，英勇奋战。

经过一场激烈的战斗，凭借着宋成提供的防护装备，邻国的军队最终成功击退了侵略者，保住了家园，赢得了胜利。

为了表彰宋成的巨大贡献，皇帝赐予了他无数的金银财宝，并特许宋成所在村庄的村民专门制作这种神奇的布匹，供应给本国的军队，以备不时之需。

宋成所在的村庄因为生产这种宝贵的布料，迅速繁荣起来，村民们的生活发生了翻天覆地的变化，他们不再为温饱担忧，过上了富足安稳的日子。

快乐的帝江

帝　江 《山海经》之西山经

原　文 又西三百五十里，曰天山，多金玉，有青、雄黄。英水出焉，而西南流注于汤谷。有神焉，其状如黄囊，赤如丹火，六足四翼，浑敦无面目，是识歌舞，实惟帝江也。

译　文 再往西三百五十里，有山名为天山，山上蕴藏着丰富的金属和玉石，也出产石青、雄黄。英水从这座山发源，然后向西南流入汤谷。山里住着一个神，形貌像黄色的口袋，发出红如火的精光，长着六只脚和四只翅膀，混混沌沌没有面目，但是他知道如何唱歌跳舞，他就是帝江。

一、柳林做了一个梦

柳林特别喜欢读书，上至天文，下至地理，奇闻逸事，分门别类，他都喜欢浏览。

如果有人跟柳林聊天，肯定会被他渊博的学识所折服。

没有他不知道的事，没有他不懂的事。

柳林的炽热梦想，是走遍九州的山山水水，亲历各地的风土人情，用敏锐的洞察力去发现每个地方独特的风俗习惯，以及一草一木所带来的感动。

他希望通过自己的文字，以细腻的笔触，将这一切记录下来，编撰成一本属于自己创作的《九州异闻录》，让读者看了有身临其境的感觉。

每次想起来，柳林就感到好激动。可什么时候能走出镇子，他自己也不知道。

早上醒来，听到树上的小鸟在鸣叫，柳林心里想："我要是一只小鸟该有多好啊！我也长出两只翅膀，想飞到哪里就飞到哪里。随心所欲地飞越山川湖海，去探寻世界的每一个角落，那该是多么美妙的事情啊！"

柳林一次又一次地给自己鼓劲："一定要出去！一定要出去！"想着想着，柳林睡着了。

他荣归故里，骑着一匹高头大马，身上披挂着鲜艳的大红花，威风凛凛，意气风发。前方，铜锣开道，声势浩大，镇子上的父老乡亲们全都涌上街头，热情洋溢地欢迎他的归来。

街道两侧挤满了人群，每个人脸上都洋溢着亲切的笑容，人们手中捧着他用心撰写的《九州异闻录》，津津有味地阅读着。

书中记载的是各地的奇闻逸事，凭借生动细腻的文笔、深入浅出的叙述方式，引得乡亲们如痴如醉，仿佛那些故事就发生在他们身边一样。

人群中，一位满头白发的老翁激动地指着柳林对身旁的年轻小伙说道：“你瞧见了吗？就是这个小伙子，他以精彩的文笔记录了各地的传闻逸事，让咱们这些平凡百姓也能感受到外面世界的精彩纷呈，真是了不起啊！”

旁边的另一个小伙也深有感触地附和道：“是啊，他的文笔真可谓神来之笔，能把每一件事情都描绘得栩栩如生，仿佛身临其境一般。我要上前去给他一个大大的拥抱，感谢他用文字为我们打开了一扇通向广阔天地的窗。”

只见那个年轻小伙子眼中带着温暖的笑意，走上前来，张开双手，要给柳林一个拥抱。柳林也下意识地回应，伸出双臂，紧紧地回抱那个小伙子。

就在这温馨的时刻，柳林突然醒了，他睁开眼睛，发现这一切都不过是梦境，原来自己想着想着又睡着了。

他坐在被窝里，看着窗外微微泛白的天空，无奈地摇了摇头。

二、邻居们喜欢在院门口聊天

夏天的夜晚，闷热渐退，人们吃过晚饭后，手执蒲扇，怀抱草席垫子，纷纷到家门口的石板上纳凉。

每家每户挨得很近，邻里间相互倚靠，大家就这样来来回回你一句、我一句聊着天，谈论着一年来的收获与变迁。

东头王二家，去年在外奔波劳碌，挣了不少钱。今年王二衣锦还乡，不仅翻新了老宅，还在镇子里买了一处大房子，引得村民们羡慕不已。

西边徐三家，也颇有出息。徐三去年在衙门里谋得了一份差事，收入稳定，今年回来给家里买了五亩地。

邻村的司马先生写了个折子戏，写邻里间发生的事，情节生动且深入人心，许多村民都感同身受，对这部作品赞不绝口，好多人都特别爱看。

柳林吃过饭后，也拿了个垫子，坐到了自家院门口，听大家聊家常。

夏夜屋里犹如蒸笼一般，让人憋闷难耐，唯有这室外的自然风，才能带给人片刻清凉。

数伏天的日子里，几乎家家都在院门口乘凉，一到晚上，外面便异常热闹。

邻居袁大爷踱步过来，关心地询问柳林道："柳公子啊，听说你在写书呢，进展如何？"

柳林谦逊一笑，回应道："袁大爷好，我正在酝酿呢，打算有机会出去走走，增长见识，等我回来就能写成了。"

袁大爷听闻此言，脸上洋溢着期待的笑容，道："那恭喜你了，等你写出来了，给袁大爷念念，让我这个老头子也跟着高兴高兴。"

柳林欣然应允道："没问题，袁大爷，到时候我一定念给你听。”

柳林心里的创作激情又被袁大爷的话点燃了，柳林想着自己一定要克服困难，不能老是畏手畏脚，一定要早点跨出脚步，去体验、去感悟。他把两个拳头攥得紧紧的，感觉又信心满满的了。

三、镇子上来了耍杂技的

在镇子中心宽敞的空地上，四五个老少杂技艺人，正卖力地表演着。

他们之中一名壮硕的中年汉子尤为引人注目，他稳稳地躺在坚硬的地板上，胸膛上放着一块不规则的青石，其重量令人咋舌。

他的身旁站着两个孔武有力的年轻后生，他们手持足有三四十斤重的铁锤，锤头与长木把的接合处涂着明亮的蜡，在阳光下闪闪发光，显得格外威猛。

一位满头银发、精神矍铄的老者，一手执铜锣，一手握小木棰，边敲边高声吆喝道：“走过路过，千万不要错过！心口碎大石，马上就要开始了！”

围观的人群瞬间屏息凝神，个个瞪大了眼睛，心跳加速，担忧这一锤下去，可能会出人命。

然而，石头下的那名壮汉却面色从容，毫无惧色，仿佛一切尽在掌握之中。

只听“咣”的一声巨响，青石应声而裂，然壮汉却安然无恙。群众中爆发出雷鸣般的掌声和欢呼声。

随后壮汉起身，拍拍身上的尘土，拿起铜锣，将凹面朝上，逐个向观众讨要赏钱。

人群中，柳林也看得津津有味，身边有人好奇地问起关于气功的事。

柳林微笑着解释道：“这气功啊，就是运用内劲的功夫。看杂耍嘛，会看的看个门头脚道，不会看的看个红火热闹，关键还在于个人领悟。”

柳林心中暗想，这个杂技班子走南闯北，见识广博。我如果能加入他们，就既能解决生活问题，又能深入了解各种杂技背后的故事，而且这对于自己的写作无疑是极大的帮助。

于是，柳林鼓起勇气找到了班主，希望能随他们一同行走江湖。

班主审视了柳林一番，决定让他先试试抡大锤。柳林接过沉甸甸的大锤尝试了一下，却发现这活计并非易事，不仅要力量过人，还要拿捏得当，否则不仅无法成功砸开石头，影响表演效果，而且还可能伤及自身。

柳林深知自己力有未逮，便对班主坦诚相告，道：“这活我恐怕干不了，您这里还有其他适合我的工作吗？”班主听罢，摇了摇头，直言道：“我们这里没有别的活需要人手。”

言下之意是柳林未能通过考验。柳林只得遗憾作罢。

柳林听后深感气馁，他知道，还是自己的思想在作祟，一有困难就退缩，不敢尝试。这真是应了那句谚语：“有志之人不立志，无志之人常立志。”

四、柳林来到山里

柳林最近比较纠结，他内心深处的渴望像是一团火，催促他去探索外面的世界。而现实中的种种顾虑又如同冷雨，让他一次又一次犹豫不前。

他觉得自己心里有两个声音，一个告诉他要勇敢地走出去，另一个则提醒他要安稳，劝他逃避。他感到无所适从，不知道自己到底该怎么办。

山里是清净的地方，山里是无人打扰的地方，山里是适合思考的地方。

在一个阳光明媚的早晨，柳林带着一把伞，踏上探寻内心的旅程。尽管此刻阳光普照大地，但他深知世事无常，尤其是在这瞬息万变的大自然面前，未雨绸缪总是更明智的选择。

柳林在心里提醒自己：什么也不要想，什么也不要想。他一边走，一边努力调整着心态。

他为了把自己的思绪控制住，便数起了路边的树，数到第十棵的时候，又开始从一数起，循环往复，如此，柳林不知不觉就进入了山的深处。

山里非常静，静得能让人心如止水。小草像是被施了魔法，静静地立在那里，宛如被时间凝固。

路边绽放的野花也仿佛在微风中保持静止，花瓣上的露珠晶莹剔透，折射出太阳的光芒，甚至连花上的蝴蝶也忘了扇动翅膀。

有鸟在树上，既不鸣叫，也不跳跃，好像一切都为柳林停止了，他特别享受这一刻。

柳林抬起头对着天空，闭着双眼，任微微的风从他脸上拂过，他要的就是这种感觉。这种特别的宁静，让他纷乱的心终于能小憩一会儿了。

五、柳林在山里遇到了帝江

他站了一小会儿，找了一棵粗壮的杨树，靠着坐了下来。人累的时候闭上眼睛，那种欢娱，无可比拟。

这时有歌声从山坳里传来，是那么的动听，让人不由得想去探个究竟。

柳林被那独特的歌声所吸引，他踏着旋律循声而去，映入眼帘的是一只像鸟一样的动物。

它通体泛黄，却又闪耀着热烈的红光，六只修长有力的脚，稳稳地立在地上，四只翅膀在微风中轻轻颤动，仿佛随时都能振翅高飞。

它的面部就是一张皮，像紧绷的布袋一样，没有眼睛，没有耳朵，没有鼻子，没有嘴巴。

那它是从哪儿发出声音的呢？它的长相勾起了柳林的兴趣。在歌声响起的时候，它还扭动着自己的身体，在大自然的舞台上尽情挥洒，那份无拘无束的快乐感染了柳林。

柳林走过去的时候，那动物竟然主动向他打起了招呼："你好。"柳林虽然心中惊讶，但也礼貌回应道："你好。"

尽管多次尝试寻找答案，柳林始终无法确定它的声音究竟从何处传来，面对眼前这个毫无恶意的生命，柳林也渐渐放松了自己的戒备。

它看着眼前的柳林，用那无形却清晰的声音自我介绍道："我叫帝江，你叫什么？"

柳林回应道："我叫柳林。你这样快乐自在，真是让我羡慕不已。"

帝江以一种超脱而深沉的口吻说道："每个生命都有自己的喜怒哀乐，关键是要听从内心，学会将不快转化为快乐，勇敢追求自己想做的事。因为每个人在这个世界上，都只有一次活着的机会。"

柳林听了这番话，仿佛一道明亮的光芒照亮了他的心田，犹如被打通了任督二脉般豁然开朗，他终于明白应该如何去解决困扰自己已久的问题了。

柳林的感激之情溢于言表，他真诚地说道："谢谢你，帝江，谢谢你刚才说的话。虽然我们是第一次相见，可我觉得就像跟老朋友谈心一样，你一下子让我明白了好多道理。我们还会再见吗？”

帝江道：“会的，有缘就会相逢。你现在明白了自己的方向，就大胆去做吧。”

说完，他们互道一声珍重，各自转身，朝着不同的方向走去，留下的是柳林获得的那份深深的触动与启迪。

六、镇子里的老者讲故事

柳林回到家，躺在炕上想了很久。人生苦短，岁月如梭。如果没有坚定的信心、意志和决心，只是等待就会把人的青春晒成腊肉干。心动不如行动，只有行动起来才有可能成功。

柳林看黄历挑了个日子，这一天早晨，他早早起来，吃过早饭，把家里的事安排了一遍，背了一个书篓，里面放有纸和笔，带着干粮，一个人出发了。

虽然每天赶路很苦很累，有的时候甚至不得不夜宿古庙古寺，饥一顿饱一顿，但是，外面的世界很精彩，陌生的人、陌生的事所带来的快乐和兴奋感，是他在家里永远体验不到的。直到有一天，柳林的心情急转直下。

在镇子上，一个老者告诉柳林，这里最著名的地方就是流钱洞。

从前有一个卖胡麻油的年轻人，担着油篓在山道上行走，一个不小心跌倒了，两个油篓里面的油流了满满一地。

卖油青年看到后放声大哭，这可是他的全部身家，他就靠着这个生活。这下好了，一分钱也没有了，他伤心极了。

正在他号啕大哭的时候，一个满头白发的老者来到他面前，对他道：“你不要哭了，我领你去一个地方。”

卖油青年跟着老者来到了一座山的半山腰的一个洞前，老者对他说道：“这个拳头大的洞里，有数不尽的铜钱，你把它拿上回家吧，足够你生活了。”

卖油青年听了，连忙叩谢老者，但老者突然就不见了。

卖油青年走到洞前，果然发现有好多铜钱往外流淌。

他把两个油篓都装满了铜钱，又把身上穿的皮裤脱下来，也装得满满的。他怕自己离开后会有人发现这个洞口，就拿了一小块石头，把洞口堵上了。

过了两三天，卖油青年又过来了，他拿着两个油篓，想再取一些铜钱回去，可是不管他怎么摇晃，那个石头就是取不出来。

无奈之下，他又回到家中，取来了锤子和錾子，对着洞口不停地凿，想把那块石头取出来。他凿了好长时间，那块石头依旧纹丝不动。

这时，只见那个老者又过来了，他对着卖油青年说道：“不用你錾錾錾、凿凿凿，就给你两油篓子一皮裤。”老者说完就不见了。

卖油青年一看这情况，知道是仙家在指点他，他跪下拜了三拜，就再也没有过来了。

那个流钱洞现在还在，那块石头也还在。后来又来过好多人，无论他们用什么办法，就是取不下那块石头。

柳林听了老者的叙述，感到很好奇，他决定亲自过去看看，他要把它的故事记录下来。

七、柳林在寺庙遇到强盗

这条山道不太好走，路上全是坑坑洼洼，走起来深一脚浅一脚的，但这没有给柳林带来任何阻碍，他的脑子里想的都是如何记录流钱洞的故事。

天空中忽然下起了小雨，今天出门时，柳林的伞忘在了客栈。他抱着试试看的心态，往前跑了两步，想看看有没有避雨的地方。

在前面的一座山脚下，还真有一个寺庙，柳林三步并作两步跑了过去。寺庙里没有人，也没有香火，院子里一片萧条，只有大殿还在，旁边的房子已倒塌。

雨下得越来越大，豆大的雨滴猛烈地拍打着大殿的瓦片，发出沉闷而密集的声响。柳林什么也顾不得想，忙进入大殿中躲雨。

柳林全身湿透了，他刚找了块木板坐下来，就听到门口传来了杂乱的脚步声。

他透过门缝望过去，发现两个凶神恶煞的人，手中握着寒光闪闪的刀，还押着两名瑟瑟发抖的年轻人，其中一个年轻人还被砍去了手指。血水与雨水混杂在一起，在青石板上留下触目惊心的印记。

柳林的心跳如擂鼓般剧烈，他屏住呼吸，悄悄躲在大殿中的神像后面，生怕发出半点声响，引起强盗的注意。

他知道，若此刻暴露，后果不堪设想，即使能侥幸保全性命，但倘若被强盗砍了双手，他就没法写作了。想到这里，他的心里不由得倒抽了一口凉气。

时间在恐惧与煎熬中缓缓流逝，终于熬到了下午，天空渐渐放晴，雨停了。强盗们押着饱受摧残的年轻人，离开了大殿。

确认安全后，柳林才战战兢兢地从藏身处走出来，懵懵懂懂地回到客栈，然后去衙门报了官。

第二天，好消息传来，柳林听说衙门捕快擒获了强盗，解救了那两个可怜的年轻人。

但是，这场突如其来的遭遇始终让柳林心有余悸，他再也没有心情到处走走看看，记录各地的风土人情了，曾经的满腔热血瞬间冷却，取而代之的是对未知的深深恐惧。

他害怕了，他怕他的命丢在路上。他跟客栈结算了费用，踏上了归家之路。

八、帝江跟柳林促膝而谈

回来的半个月，柳林天天都待在家里。待心情慢慢平复下来，他想再到山里散散心，他觉得，还是在家乡安全。

经历了寺庙遇强盗的事件以后，柳林身上所有的激情仿佛都消失了，剩下的只是平平庸庸过日子的想法。

他在山里漫无目的地走着，感觉有点累了，便坐在一块青石上休息。

“你好啊！”他听到有人在问候他，忙扭过头。原来是帝江，它正站在他旁边。他的心里多少有点惊喜。

柳林道：“真没想到，这么巧，你也在这里。”

帝江道：“哈哈，是啊，这可能就是缘分呗。我看你这次没有上次振作，闷闷不乐的样子，这是为什么呀？”

柳林道：“说来话长，坐下来我跟你慢慢聊。”

柳林把他上次跟帝江见面后，听了帝江说的话，出外巡游的事说了一遍。

帝江道：“人这一辈子，会遇到好多事。有好事，有坏事，有难事。但是不论遇到什么事，都要学会去解决它，而不是逃避。你看前面的路上是不是有一条游过来的蛇，你害怕吗？”

柳林点头道：“害怕。”

帝江道：“但你只要想办法战胜它，就不会害怕了。

蛇怕雄黄，你到旁边捡一块雄黄过来，放在蛇要经过的路上，你看看会出现什么情况。”

柳林听了帝江的话，捡来一块雄黄，放在蛇即将经过的路上。只见那条蛇往前游了一点，马上就掉头消失得无影无踪。

帝江道：“如果遇到一点点事就害怕，就退缩，那你注定是个一事无成的人。正确的做法应该像现在这样，只要你不向困难屈服，困难就会屈服于你。”

帝江的话，深深打动着柳林的心。

帝江又道：“我相信你会成为了不起的人，也相信你会做成你想做的事，成功是属于自强、自律、自信的人。”

柳林问帝江道：“那你觉得我行吗？”

帝江道：“没问题，只要你始终用正面思维去思考问题，而不是用负面思维打击自己，你就一定会达成自己的愿望。重新开始吧，小伙子，美好的未来在等着你。”

帝江每一次正能量的言语，都能让柳林在沉沦中奋起。

他俩继续聊了很久，仿佛多年的老友一般。帝江的出现让柳林感到无比温暖，他意识到，在这个世界上，他并不孤单。

在与帝江的交谈中，柳林发现自己内心的激情开始渐渐复苏。帝江的冒险精神和对生活的热情感染了他，让他意识到，即使在生活中遇到困难，也不能失去对生活的热爱。

和帝江分别后，柳林决定重新审视自己的生活。他明白，平庸并不可怕，可怕的是失去对生活的热情。他要重新寻找自己对生活的激情，去追求自己真正想要的东西。

九、柳林的付出得到了回报

一次行动，胜过一万次豪言壮语。柳林又上路了，这一次他的信心更加坚定了，他决定，不管遇到多大困难，他都会矢志不渝地为自己的梦想努力。

在巡游的过程中，他见到过菌人国的小人，小人只有一寸来高。在树林里，他们穿着红色的衣服，戴着圆圆的帽子，乘着小车，一辆接着一辆排队往前走。

他还见到过蜮民国的人，他们跟普通人的样貌一样，身上佩戴着弓箭。只要他们饿了，就抓起地上的毒虫吃，蝎子、蛇、蜈蚣等都是他们眼中的美味食物。

打雷的时候，他还在山上看到过华胥之国的人，他们长着人的容貌、人的身子、蛇的尾巴。他们的力量非常大，即使是奔跑的老虎，都能被他们抓在手里，撕成两半。

在森林边，他见过离戎国的人，他们的容貌跟人一样，但每个人的头上都长着三个角，跟牛角一样直，羊角一样粗。他们非常勤快，不管什么事都喜欢自己动手，从不麻烦别人。

在海边，他见到过氐人国的人，他们长着人的面容，一个个非常漂亮，不管男人、女人，长相都非常精致。他们长着人的身子，却有一条长长的鱼尾巴。他们喜欢在水中游玩，偶尔也会到陆地上。在陆地上的时候，他们靠鱼尾巴来平衡身体。

柳林越走越觉得神州大地可爱、神秘，他把这一切都记录了下来。

后来柳林又遇到过天吴，他们住在虹虹北面的两条水流中间，一个叫朝阳谷的地方，他们称柳林为水伯。他们长着人的面孔、老虎的身子，长有八个脑袋、八张脸、八只爪子、八条尾巴。

他还遇到过玄龟，它有乌龟的外形，却长着鸟一样的头，蛇一样的尾巴，浑身是红黑色。

一年又一年，柳林踏遍了九州的大好河山，他边走边记，经过十年的努力，他把所见所闻整理成了《九州异闻录》，轰动了天下人，大家争相传阅。

终于，柳林用实际行动诠释了什么叫心动不如行动。

寻母的少年

穷　奇　《山海经》之海内北经

原　文　穷奇状如虎，有翼，食人从首始，所食被发。在蜪犬北。一曰从足。

译　文　穷奇长得像老虎，长着翅膀，吃人时从人的头开始吃，被吃的人都是披散着头发的。穷奇在蜪犬的北方。也有人说穷奇吃人是从人的脚开始吃的。

一、明亮想念妈妈

少年明亮从记事起，身边就只有爷爷奶奶照顾他，每当他问爷爷奶奶，爸爸妈妈去哪了，他们总是回答他说："出远门去了。"

他不知道爸爸妈妈为什么要出远门，为什么要走这么多年，从来不回来看望他和爷爷奶奶。

他看到别的小朋友都有爸妈守着，特别羡慕。他心里想着，"总有那么一天，我也会躺在妈妈温暖的怀里。"

爷爷奶奶非常疼爱他，别的孩子有的，他也有，别的孩子没有的，爷爷奶奶也会想办法满足他。

明亮不知道的是，其实他是捡来的。

有一年夏天，爷爷翻山越岭到镇子里办事，正当他准备回家的时候，忽然看到水池边围着好多人，走过去一看，竟然发现池塘里的一块木板上放着一个婴儿，用衣服裹着，正哇哇哭叫。

孩子可能饿了，一直在哭，大家都在看，却没有人将他抱起，爷爷看到后，感觉这是上天恩赐给自己的礼物，走过去就把孩子抱了回来。

那年爷爷五十岁，已是知天命之年，爷爷和奶奶曾经有过一个女儿，但不幸夭折了。

奶奶看到爷爷捡回来的孩子，红扑扑的小脸蛋很是招人喜爱，她赶紧把小米放在锅里炒了炒，用小碾子碾碎，加入开水冲成米粥，一口一口喂给明亮喝。

那时候奶奶家没有奶粉，在这种情况下，养婴孩都是把炒熟的小米碾碎，搅拌成粥给婴儿喝。

为了不让明亮长大后觉得尴尬，爷爷奶奶就编了个谎言，说他的父母出远门了。时间一晃，明亮一天天长大了，长成了一个壮实的少年。

下雨了，雨点虽然不大，但打谷场上还晒着的玉米急需收回家。

爷爷赶紧叫上明亮，祖孙俩急急忙忙向打谷场跑去。

山间的路不同于平地，路面总是高高低低、崎岖不平。

年轻时候的爷爷是村子里最能干的人，现在上了年纪，

走路已经没有年轻时那么利索了。

好在他们住的地方离打谷场不远，雨也没有下大，只是不时地往下掉雨点，不一会儿工夫，爷俩就把玉米全部收好了。

二、把二叔的调侃当真

明亮站在院子的崖头上，望着远方，目光所到之处全是山脉。

一座一座的大山，挡住了人们眺望远方的视线，山里的人就像困兽一样，祖祖辈辈被困在这里。

人们被困在山里，还有一个重要原因，那就是在通往镇子的路上，住着一种怪兽，它的名字叫穷奇。

穷奇的形象极为骇人，整体形态酷似一只威猛无比的老虎，它身披斑斓虎纹皮，肌肉健硕，力量感十足，无不彰显出其凶猛野性的本色。

穷奇长有一对异常巨大的翅膀，这双翅膀宛如犀利的刀刃般坚硬，虽然不具备飞翔的能力，但增添了穷奇的恐怖气息。

穷奇的残忍性情堪称首屈一指，它食性广泛，且暴虐无度。

无论是深山中的猛犸巨熊，还是草原上的奔腾羚羊，甚至水中的灵鳄潜龙，都难逃它那血盆大口。

它神出鬼没到处游荡，野鸡、野兔、落单的行人，都是它的猎物。

它的嗥叫声总是让人头皮发麻。

就是这只穷奇给山民的出行带来了极大的不便，每当他们要去镇子的时候，必须得五六个人结伴同行，而且每个人都必须得拿着弓箭和大刀，以防御穷奇的进攻。

随着年龄的增长，明亮对妈妈的思念日益加深，他想去镇子上寻找妈妈。

这个念头一天比一天强烈，但明亮也知道，去镇子上必须经过穷奇出没的地方，他一个人走过去几乎不太可能。

太阳升起来了，阳光均匀地洒向每一个山头。

隔壁的二叔拿着一个箩头走了过来，他准备出去拾粪。看到明亮在发呆，二叔笑嘻嘻地问了一句："亮子想啥呢？"

明亮回应道："想去镇子上玩，可是有穷奇怎么办？"

"那你就练双飞毛腿呗。"二叔把肩上拾粪的叉子往后拉了拉，调侃着说道。

明亮没有听出二叔话里的调侃意味，却听到了"飞毛腿"三个字。真是说者无意，听者有心，明亮心里下了决心，他要练习飞快走路。

三、爷爷身上有血迹

"亮子快歇歇吧，每天起这么早出去打柴，太阳落山才回来。”奶奶站在窑洞门口，心疼地絮叨着。

东边整个一溜墙的墙角下都堆满了柴火，明亮打的柴快够烧一年了。

明亮看着奶奶，笑着说道：“奶奶，我没事，我不累。”明亮接过奶奶递过来的毛巾，擦了擦汗，又去水缸里舀了一脸盆水，洗起脸来。

奶奶已经将晚饭做好了，院子里飘满了饭香味，只等着爷爷收工回来。

明亮为了练习走路，每天吃过早饭便拿上镰刀和挑柴的扁担出发了。

打柴的地方离家有十多里地，即便是成年人也只是隔几天外出的时候，才顺便打一些。像明亮这样每天如此劳累，一般人还真吃不消。

明亮有信念，所以不累。

明亮的信念就是去镇子里找妈妈，所以，所有的苦和累对于他来说都算不了什么。

信念这种东西非常神奇，一旦在人的心里扎根，即便地动山摇都奈何不了它。

爷爷回来了，身上还有血迹，奶奶吓得脸色都变了，焦急地问道：“老头子，你怎么了？为什么身上会有血迹？伤着了没有？”

奶奶一句接着一句，不等爷爷回答就连珠炮似的问起来，话语中都是满满的关心。

爷爷道："我没事，是老刘他们几个人去镇子上办事，回来的路上，遇上了穷奇。他们和穷奇展开了搏斗，虽然打跑了穷奇，但老刘的一条腿被穷奇咬断了。这血是我抬老刘时沾上的。"

奶奶听了爷爷的话，无奈地摇了摇头，小声嘀咕道："这缺德的穷奇，什么时候人们才能把它消灭掉呢？"

明亮听了爷爷奶奶的对话，心里很不是滋味。

四、明亮被穷奇追着跑

经过一年多的强化训练，明亮觉得自己走起路来已经嗖嗖的了。如果有好几个人和他一块儿走，一会儿的工夫，他就能把人远远地甩在后面。

明亮自认为自己练成了飞毛腿，并因此做出了一件差点让他后悔一辈子的事。

天亮了，明亮吃过早饭，拿了根棍子，一个人走上了去往镇子的路。

一只鸟站在路边的灌木丛上，转动着脑袋，叽叽喳喳叫着，看到明亮走来，也没有惊慌，反而用眼睛盯着他。

明亮没有去撵小鸟，他觉得跟小鸟对视特别有趣，心里美滋滋的。

一只穷奇站在了山道上，明亮猝不及防，连忙握紧手里的棍子，想打跑穷奇。但当他往前走了两三步，看到穷奇凶猛的样子后，感到害怕极了，撒腿就往回跑，可穷奇却从后面追了上来。

明亮一边跑一边不时回头看，但他跑了好一会儿，还是没有甩掉穷奇。看来这飞毛腿在穷奇面前不值一提。

就在快被穷奇追上的时候，明亮感觉到自己的心脏几乎要跳出胸膛，一阵寒意从背脊直冲头顶。

路旁的一个隐蔽的山洞突然映入眼帘，宛如绝境中的一线生机。生死存亡之际，明亮没有犹豫，凭借本能与求生欲，猛一翻身，矫健如豹，瞬间闪进了那个幽深莫测的洞穴。

洞壁湿冷的气息扑面而来，岩石的坚硬触感让他意识到自己暂时脱离了危险。但他不敢停留，只听得穷奇在洞外愤怒地咆哮，震得洞内的石屑纷纷掉落。

借着洞内微弱的光线，凭借着对地形的敏锐感知以及身体的极限爆发力，明亮在崎岖不平、蜿蜒曲折的洞道中狂奔。

终于，他从洞穴的另一头冲了出来。重见天日的那一刻，阳光洒在他满是汗水却又庆幸无比的脸上。

他向身后望去，确认穷奇没有追踪至此，这才长舒一口气，心中的石头总算落地了。

想到自己刚才与死神擦肩而过，明亮不禁倒吸了一口凉气，后怕的情绪犹如涟漪在他的心头荡漾。

明亮深知穷奇的凶残本性，他不敢有丝毫懈怠，强忍着疲惫，咬紧牙关，加快步伐，朝着家的方向狂奔而去。

五、拿一块花布想飞起来

明亮出去找妈妈的尝试失败了，他哭得很伤心。泪水在他的脸上肆意流淌，打湿了他的衣襟。但即便如此，再多的泪水也洗不掉他心里的那份坚忍与执着。

他深知，以自己一个人的力量，要独自离开这个熟悉的村庄，是无法实现的，但心中的不甘与渴望，让他不愿就此放弃。

那次跟爷爷去镇上的经历，于明亮而言，犹如一道曙光照亮了黑暗。

那是一个阳光明媚的日子，天空中飘着各式各样的风筝，它们在风的吹拂下自由飘荡，这一幕深深印在了明亮心中。

他心想，自己如果能坐在像风筝一样的东西里，是不是就可以挣脱束缚，飞向远方，找到日思夜想的妈妈了呢？他再一次为自己的想法感到兴奋。

他常常一个人走进山林深处采摘野果，再偷偷拿到集市上售卖，一点一点地攒钱。经过数月的努力，他终于攒够了买布的钱。

他托付隔壁家热心肠的二叔，谎称奶奶做被子需要这块布，善良的二叔没有丝毫怀疑，欣然答应帮他从镇上带回来。

二叔从镇子回来的那天，明亮早早就躲在村口的大树背后，既紧张又期待，生怕被爷爷奶奶发现，担心他遭遇危险从而阻止他去飞翔。

明亮找了一块空地，地上长满了野花和野草，绿绿的，就像一块绿色的毯子。

空地上边是高高的崖头，明亮想从崖头上跳下去。

撑开花布他就能像鸟儿一样飞起来，这样他就能一直飞，飞到镇子里，再也不怕遇到穷奇。

他用绳子把花布的四个角扎扎实实捆了起来，下面放了一个箩筐，自己坐到箩筐里面。在黄土崖头上，他和箩筐一起“飞”了下去。

花布撑开了，但他没有飞起来，他坐在箩筐里面，顷刻间就掉到了土堆上，疼得半天爬不起来。

明亮又哭了，哭得更伤心了。他想找妈妈，可为什么这么难啊！一次一次的失败，让他的心灵受到了很大伤害。

原来自己做的这一切，都仅仅是美好的愿望。他不知道该怎么做，也不知道以后的路该怎么走。

在山道上，他漫无目的地走着，走啊走，走啊走，走累了，便靠在一棵树上，他只想休息一会儿，结果迷迷糊糊睡着了。

六、在山洞里遇到了狪狪

待明亮醒来时，竟然发现自己在一个山洞里。洞里没有光，周围漆黑一片。明亮没有害怕，只是奇怪自己为什么会出现在山洞里。

他深吸了一口气，内心充满了疑惑和好奇。他侧耳倾听，试图捕捉到一丝外界的声音。就在这个时候，他感觉到身边似乎有什么东西，他正要用手摸时，一个声音响了起来："你醒了。你是附近村子的孩子吗？"

明亮回应道："是的。我心情不好，走累了，靠着树干就睡着了。"

那个声音接着说道："我叫狪狪，我生活在这片山林中，从不和任何人或动物发生争执。我就像人中的隐士一样，拥有着自己的一小方天地。然而有件可怕的事情发生了，让我痛不欲生。"

听了狪狪的话，明亮不由得随口问道："什么事情让你这么痛苦，你能告诉我吗？"

狪狪道："可以的。"

明亮的手挨着狪狪的脸，忽然感到湿湿的，他知道这是狪狪的泪，可见狪狪承受了一般人承受不了的痛苦。

狪狪开始了讲述：它有一个孩子（我们权且叫它小狪狪吧），它们自由自在地生活着。

小狪狪喜欢爬树，喜欢坐在松树的枝丫上晒太阳，你别看它的身材像猪一样，爬起树来嗖嗖的，比猴子都快。

它们喜欢看动物跑来跑去，但不喜欢跟动物们玩，说得确切一点，就是不喜欢打扰，不喜欢别的动物和人打扰它们，也不喜欢自己去打扰别人和其他动物。

它们的食物是山中的一种小白碎石，这种碎石和石头一样坚硬，但却是狪狪们的美食。

它们的牙齿非常坚利，吃坚硬的东西跟吃面包一样。它们不吃草，也不吃肉。它们大部分时间就在山林里。

小狪狪生性活泼，喜欢到处走走看看，而且特别喜欢水。它经常走出自己的领地，这也让狪狪很是担心，每当想到自己的族群从不伤害自然界中的一草一木，别的动物自然也会善待它们时，狪狪就稍感心安。

然而，不幸的事还是发生了。

这天，小狪狪在前边走，狪狪在后面跟着。小狪狪想要去玩水，它们就一直往前走，走了好远好远，直至走到一条小溪边，才停下了脚步。

小狪狪在水里翻滚着，开心极了，狪狪在岸边的草地上看着这一切。一只狍子在河边喝水，还时不时抬头看看小狪狪的俏皮样。就在这时，一只穷奇悄悄出现了。狪狪看到它时，心里莫名其妙感到了不安，它大声叫小狪狪回去，谁知小狪狪竟不理睬它的喊话。

突然，穷奇飞身跳进了小溪，一口咬在了小狪狪的脖子上。狪狪眼睁睁地看着孩子受到伤害，它想不顾一切扑过去，然而已经晚了，小狪狪躺在了血泊中，死了。

穷奇又转过身来，虎视眈眈地看着狪狪，无奈之下，狪狪只得忍着巨大的悲痛跑了。

听到这，明亮感觉到自己的手里又有泪珠滚入。

狪狪接着又说道：“那天我心情烦闷，便出来走走，看到你在睡梦中喊着：我要打死穷奇，我要打死穷奇。我就知道我的仇能报了，于是我就把你驮到了洞里。”

明亮听完狪狪的叙述，默默地说了一句：“为了我们共同的目标，我一定会把穷奇消灭掉。天亮了，我要回去了。”

狪狪道：“好的，你要有事找我的话，就来你睡觉的那棵树下，吹口哨我就过来了。”

明亮道：“好的。”说完，明亮告别狪狪，下山了。

七、大伙儿上山寻找明亮

明亮回到家，奶奶正坐在炕上缝衣服。

看到明亮，奶奶喊了起来：“亮子，你昨天晚上去哪了？你爷爷急得一晚上都没睡觉，村里的人都上山找你去了，现在都还没有回来。”

明亮听了奶奶的话，很是惭愧，他对奶奶说：“奶奶，对不起，让您担心了。我先出去找人，让他们知道我回来了。我一会儿再跟您解释。”奶奶点了点头。

明亮到了村口，敲响了手中的铜锣。不一会儿的工夫，山上的人都下来了，个个都拖着疲惫的步伐。

他们问明亮昨晚上去哪儿了，明亮告诉大家：“我被一个叫狪狪的怪兽驮到洞里去了，而且那个怪兽会说话，还要我去把穷奇打死，还说会给我惊喜。”

大伙儿听了感到很是惊奇，一个个也不瞌睡了，都到明亮家要他说个究竟。

明亮告诉了大家好多事情，但始终没有说出自己出门的原因是想到镇子上找妈妈。

大伙儿把村里的长辈也叫到了明亮家里。大家商量了半天，最终一致同意放下手里的活，组织青壮年一同前去消灭穷奇。

他们也想跟明亮一块儿，去看看狪狪，但是明亮跟大伙说了狪狪喜欢隐居，不喜欢见人的情况。

大家只能遗憾地说："那有事就让明亮联系狪狪吧。"

八、穷奇被大伙儿消灭了

两三天过后，村里经过精挑细选，组织了六个身强力壮、胆识过人的青年，他们带上耐饥的干粮，拿着弓箭、长矛和大刀，出发了。

在崎岖的山路上，沿着穷奇的踪迹，他们一路追踪。在一个幽深的山沟里，他们与穷奇相遇了。

那一刻，生死搏斗的场面惊心动魄，空气中弥漫着紧张的气息。

青壮年们毫不畏惧，英勇抵抗，但穷奇的力量出人意料地强大。一番激战后，穷奇虽然受伤却成功逃脱，一个小伙身受重伤，两个小伙不同程度负了轻伤。

面对如此强大的敌人，大伙儿都十分沮丧，只得将负伤的小伙们先抬回了村子。

明亮听了大家的叙述，第二天就去了大树下，他抿着嘴吹响了口哨，不一会儿狪狪就来到了树下。

明亮把发生的事情对狪狪说了一遍。只听狪狪缓缓地说道："不要着急，我有办法帮你。"只见它弓起背，来回摇晃，从嘴里吐出了一颗珍珠。

明亮回到村里，把珍珠交给了村长。村长和大伙商议，变卖珍珠筹备银钱，请山外经验丰富的猎人过来，彻底消灭穷奇，以期再无后顾之忧。

平常村民们为了躲避穷奇，去镇子上常常要绕一百多里路，来回得走一个月左右。

打猎队请来了，他们的头领立下誓言：如果不消灭穷奇，他们将不会收取任何酬金。

众志成城。在村民们的协助下，打猎队设下了天罗地网，巧妙地引诱穷奇进入了他们的包围圈。经过一场激烈的战斗，勇敢的猎人们终于将穷奇消灭了。

消息传遍了整个村庄，村民们欣喜若狂，纷纷涌出家门，相互拥抱、祝贺。村里就像过节一样，家家户户放起了鞭炮，男人们端起酒碗，大口喝酒，女人们开心地忙着炒菜、上菜、添火，村庄沉浸在无尽的欢乐中。

吃完饭后，大伙儿对明亮说道："这次能消灭穷奇，狪狪立了大功。如果不是它的帮忙，我们不可能这么快就把穷奇消灭了。大伙儿都想见见狪狪。”

明亮看着大家期盼的目光，道：“我先过去打声招呼，看狪狪愿不愿意。”大伙儿听后都表示同意。

明亮赶到大树下，吹响了口哨。狪狪听到哨声后，从远处飞奔而来。明亮把穷奇死去的消息告诉了狪狪，狪狪的脸上露出了惊喜的表情。

明亮又把乡亲们想见它的事情说了一遍，出人意料的是，狪狪愉快地答应了。于是，明亮走前面，狪狪跟在后面，一起回到了明亮的家里。

等候多时的乡亲们看到狪狪后，在感到惊奇的同时，也对它增添了几分亲近感。

大伙都非常感谢狪狪帮助大家除掉了穷奇这个祸害，狪狪则回应道：“我也要感谢你们为我报了仇，这正是帮人就是帮自己。”

乡亲们和狪狪聊了一整天，傍晚，狪狪向大家告别。乡亲们依依不舍地把它送到村口，一直到看不到它的身影才各自回了家。

九、爷爷奶奶就是爸爸妈妈

生活又回到了正轨，熟悉的烟火气弥漫在窑洞口前。

奶奶亲切而温暖的声音穿过院子，她正呼唤孙子明亮吃午饭。

窑洞前那棵杏树，枝头挂满了金黄饱满的杏子，犹如一串串金色的铃铛，在阳光下闪闪发光。

树下放着一张四方桌，桌子旁边摆着四只小板凳，那是爷爷、奶奶和明亮每日吃中午饭的温馨角落。

今天中午，奶奶炒了一盘鸡蛋，拍了一根黄瓜，还有在外面买的猪头肉，这些都是她对孙子无言的疼爱与关怀。

爷爷从柜子里取出两只精巧的酒盅，一杯为自己斟满了钟爱的白酒，另一杯则为明亮满上，他的眼中充满了骄傲和欣慰，他感慨地说道："亮亮长大了，也懂事了。"

明亮听话地端起酒盅，眉头微微皱起，轻轻抿了一口，随即摇了摇头说道："爷爷，这酒好辣。"

爷爷听后哈哈大笑，拍着明亮的肩膀说道："这是咱杏花村产的正宗老酒，醇厚香浓，可不就是有点辣嘛，这才是好酒的味道。"

在轻松愉快的气氛中，明亮鼓足勇气，向奶奶袒露了自己的心事。

明亮告诉奶奶，发生了这么多事，其实是因为他想去镇子上寻找自己的母亲，爷爷奶奶的年龄越来越大了，他希望一家能团圆。

奶奶听到这番话后，慈祥的脸庞瞬间凝重起来，她的眼角悄然滑落了几滴泪水，那是欣慰、心疼和无奈交织的泪水。

沉默片刻，爷爷说出了一个隐藏多年的秘密："亮亮，你知道吗，你并不是我们的亲孙子，是我们从外面把你捡回来的，你的亲生父母是谁，在哪里，我们也不知道。之所以让你喊我们爷爷奶奶，是因为那时我们已经年迈，我们不想让你承受知道真相后的痛苦。”

明亮听闻此言，眼泪夺眶而出，他没有因此感到愤怒或疏远，反而紧紧地抱住奶奶，泣不成声地说道：“爷爷，奶奶，在我心中，你们就是我的爸爸妈妈，遇见你们是我这一生最大的福分。无论血缘如何，我都会永远感激你们的养育之恩。”

缘分真的很奇妙。一条路走不通，再换另一条路，而所有的路，皆因你的善心自动打通。

明亮跟狪狪见过最后一次面后，就再没有见过。

然而，正是这次离别，狪狪告诉了明亮一个秘密地点：一个盛产玉石的地方。明亮领着乡亲们找到了这个地方，从此，明亮一家和乡亲们都因为玉石过上了幸福的生活。

生吃毒虫的蜮民

蜮民国 《山海经》之大荒南经

原　文 有蜮山者，有蜮民之国，桑姓，食黍，射蜮是食。有人方扜弓射黄蛇，名曰蜮人。

译　文 有一座山，叫蜮山，山的附近有个蜮民国，国民都姓桑，吃黄米饭，也会射死蜮作为食物。有人正在拉开弓准备射黄蛇，这人就是蜮人。

一、山坡上的黍米被偷

山坡上的一排排黍米在风中摇摆着。

沉甸甸的穗粒像毛毛虫一样爬在细长的谷秆上，远远看去像谷子，却又不是谷子。它的俗名叫大黄米，煮熟以后，吃起来黏黏的。

对了，春节做年糕就要用黍米，黍米也是蜮人们的最爱。

两个蜮人国的少年，身上挂着弓箭，手里提着兔子，从山梁上走了下来。

“今年的黍米长得不错，真是老天眷顾，爷爷又会乐得合不拢嘴。”一个叫周雨的少年说道。

“那是，那是，我奶奶又会变着法子给我做好吃的了。”另一个少年郭风，也喜滋滋地回应着。

从东坡到西坡，从南坡到北坡，能种的地都种上了。

在这山上种地，全凭老天爷赏饭吃，山高路远，没法浇水灌溉，大伙儿只能祈祷雨水充足，风调雨顺，这样一年的劳累辛苦也就值了，迎接大家的就是丰收的喜悦。

山上的风是干的，不像南方的风有潮湿味。蜮人祖祖辈辈都已习惯了这样的气候，有的老人一辈子都没有走出过这大山。

两个少年沿着这蜿蜒曲折的小路走着，丝毫看不出劳累，他们每走一步，脚都抬得高高的，这是怕碰到地上的石头，山上的人都形成了走路抬高脚的习惯。

这里顺便给大家讲个故事。

因为这抬脚的习惯，山上的孩子去镇子上念书，镇子里的孩子都骂山上的孩子叫山汉，讥讽山上的孩子没有见过世面，还编成了儿歌：“山汉山汉，箩头扁担。”是说他们一辈子就是干苦力活的。

山上的孩子也不示弱，回敬道：“山汉脚步高，踩了你们的鬼的佬”（的佬：是山上的土话方言，指的是脑袋）。孩子们童年时的回忆，有时也甚是有趣。

绕过一个又一个弯，走个二三十里进山里种地打柴，对山里人来说都是平常事。

“看，这边的黍米也长得不错。”其中的一个少年说道。因为转弯处有山体掩着，他只能看见一个角。

然而，待他俩完全转过去后，欣喜没有了，剩下的只是愤怒。田里的黍米有一半被偷了。两个少年对视一眼，加速向村里跑去。

二、墙角下晒太阳的老人

山村里的房子依山而建，是根据山势开凿出来的拱顶窑洞，冬暖夏凉，错落有致，形成了梯形。

最下面的开阔地上是最底层的窑洞，每家都砌有一个小院子，最外面一排就成了墙，墙下放着石条，石条上放着小棉垫，这是老人们最爱的地方。每天吃过早饭，年轻人出去砍柴、打猎、种地，老人就在这墙底下晒太阳。

太阳照在老人们眼角的皱纹上，他们正眯着眼想着心事，老了，话也就少了。

老人与老人之间也很少交流，他们就这样静静地坐着。

别看老人们现在不言不语的，一旦有大事发生，最后定主意的，还是老人们，因为他们年轻的时候走南闯北见过世面。人这一辈子，活的时间长，经历的事情多，经验也就多了。

周雨和郭风的爷爷，都在村口的墙底下坐着。

周雨喘着气大声喊道：“爷爷，不好了，咱们地里的黍米被人偷走了。"

郭风也接着说道："爷爷，一块地有一半都被偷了。"

刚刚还在打盹儿的老人们，齐刷刷地站了起来。他们商议后，决定等晚上村里的年轻人回来后，再请族长组织大家开会，商量看该怎么办。

三、发现偷盗的人

晚上，大伙儿都聚在了族长马腾的家里。天上的月亮圆圆的，月光照得院子里亮亮的。

这不是个小问题，关系到全族人的吃饭问题，如果粮食被偷光了，大伙儿吃什么？山坡上的粮食具体丢了多少，也只得等天明了查验。

最后的协商结果是组织护卫队，保护好黍米的同时，把偷盗的人抓回来教训教训。

天亮了，族长把年轻的护卫队员召集到了一起，由他带领着，查看东南西北四个坡地的黍米丢失情况。

东南西北的坡地都是由整理出的一块一块田地组成的。

东坡上的黍米没有丢，北坡上的也没有丢，丢的是西坡和南坡上的黍米。这两个坡下面有一条深沟，沟里有水，一年四季流水不断。

人走在沟里，很难被发现。护卫队探查的结果是：黍米就是从沟里被偷运走的。

为了防止再次被偷盗，护卫队员们日夜巡逻。当大伙儿走到西坡的时候，发现西坡上有一块地的黍米被人收割了。地上掉落的米粒一直延伸到沟里，看来，这次偷盗的人还是从沟里走的。大伙儿急忙追了上去。

大约过了半个小时，大伙儿看到了偷盗的人，他们中有男人、女人和孩子，人人肩上都扛着一捆黍米，正急匆匆地离去。

四、可怜的老人妇女和孩子

“你们为什么要偷黍米？”族长马腾一边喊着，一边拿着弓箭，拦在了这群人的面前。

这伙人没一个说话，脸上也没有任何表情，看不出愧疚，也看不出愤怒。好像有一点无奈，又有一点让人说不清的感觉。

马腾见大家都不说话，只好走到一位老人面前，放缓了说话的速度，道：“你们为什么要偷黍米？”

原来在马腾的心里，偷盗的人一定是身强体壮的，他但想不到竟是一群老人和孩子，还有女人。他想不明白发生了什么事，只能继续追问。

只见这位老人望着马腾，用手指了指身后的人们，又指了指自己的嘴巴。看上去他想努力发出声音，却一个字也吐不出来。现在马腾终于明白了，这是一群哑巴，一群

羸弱的哑巴。他心里的愤怒瞬间没有了，剩下的只是怜悯和无奈。

他让这伙人把黍米集中到一个地方，又让护卫队员们让开路。

其中一个小伙子高声喊道：“族长，不能放了他们，我们丢失了那么多黍米，我们一定要全部从他们那里拿回来。”

族长马腾苦笑着摇了摇头，对着这群人喊道：“我现在放了你们，但你们以后绝不要再过来偷盗。如果再偷，一并论处，绝不轻饶。”

马腾的话铿锵有力，回音在山谷中回荡。奇怪的是，这群人没有任何反应，连点头示意都没有，仿佛什么事也没有发生。在他们的脸上，看不到一丝表情，一个个面黄肌瘦、羸弱不堪。

好在蜮民国人也是一群善良的人，他们只希望自己的东西不要丢失。就这样，他们放走了这群偷黍米的人。

从这以后，一连四五天，村子里恢复了平静。老人晒太阳，年轻人下地干活。村里的小狗和公鸡追逐着玩耍，小花猫蹲在墙上，眼睛死死盯着树上的一只鸟。

五、又有黍米被偷

“不好了，东坡上一块地的黍米又被偷了。”砍柴回来的郭风，对着晒太阳的爷爷们大声喊道。

“不好了！不好了！”又过了一会儿，提着山鸡的赵登又在村口对着在墙底坐着的爷爷们喊。

“怎么了，慢慢说。”一位老人对赵登说道。

“南坡上有一块黍米地也被人偷了。”赵登缓了缓神说道。

老人们听到黍米接连被偷的消息，这才意识到事态的严重性。到了晚上，大家跟族长马腾商量后，决定派人跟踪这群偷盗的人，看他们去了哪里，到底发生了什么事。

中午，赵登吃过奶奶给带的又软又黏、特别好吃的黍米糕，靠在树干上小憩。赵登也是护卫队的一员，今天轮到他和三猫、二狗三人巡查。

太阳慵懒地照着山坡上的黍米地，没有一丝风。

“赵哥快看，那边有三个孩子。”三猫边说边指向黍米地的南边。

只见这几个少年四下里望了望，见没有什么动静，便拿出镰刀飞快地割起来。

二狗想冲下去把他们抓起来，但被赵登制止了，他们现在的任务是跟踪，二狗气得直挠脑袋。

大约过了二十分钟，这期间几个少年又左顾右盼朝四面望了望，待割完黍米，扛起镰刀就向小山丘跑去了。

赵登让二狗赶快回去报信，他和三猫则悄悄跟在少年们的身后。每个人的神经都绷得紧紧的，生怕弄出一点声响，惊动了这些少年。

约莫走了有五十里地，来到一条小溪边，沿着小溪又走了十来分钟，便来到一个大水塘，水塘的周围是高高的芦苇，水塘上还有成群的蜻蜓飞舞，水塘旁边有一个大岩洞，洞里走出四五个女人，接过少年们偷回来的黍米，随后回了洞中。

赵登让三猫在外面等他，他想一个人悄悄进洞探个究竟。如果发生意外，三猫可以回去报信。

令赵登没想到的是，门口没有任何守卫，也没有任何人看管，径直往里走，是很宽敞的大洞，洞里有五六十人。

有不少年轻人躺在木板上，盖着被子，令赵登摸不着头脑。

地上走动的只有孩子、老人和女人。这到底是怎么回事？赵登云里雾里。现在唯一的办法就是赶快回去，将这里的情况报告给族长。

六、族长马腾来到岩洞

赵登回到族长家，大伙儿已经在等他了。他把看到的情况跟大伙儿说了一遍。

周雨的爷爷站起来，开口说道：“那我们派几个人过去跟他们沟通，看看是怎么一回事，要不他们过来偷黍米，逮也不是，不逮也不是。”

郭风的爷爷也站起来说道："逃避问题或只从表面解决问题，永远都解决不了问题的本质。在面对某些束手无策的问题时，我们更应该用正确的态度来面对它，从根本上解决问题，只有这样才能减少其他不良情况的发生，同时解决好问题。"

大伙儿听后都同意了两位老人的建议，最后商定由族长马腾带领几个年轻小伙子前去探探事情的来龙去脉。

天亮了，天空阴沉沉的，没有太阳，老人们都待在家里。族长马腾和小伙子们在赵登的引领下，中午时分到达了岩洞前。

大伙儿走了进去，看得出，洞里的人很吃惊，也很惶恐。一部分人的脸上没有表情，更奇怪的是，躺在木板上的年轻人都显露出痛苦的神情。

族长马腾告诉大家，他是来帮助大伙儿的，不是来为黍米讨要说法的。

这时，一个看上去精明能干的老者走了过来，他有七十多岁，脸庞瘦削，一看便知是长期营养不良导致的。

老人向马腾作了一揖，说了好多抱歉的话，说着说着就流下了眼泪。

马腾拉着老者的手，让他坐下来，慢慢告知他们的经历。

七、喷射毒汁的短狐

他们本是天民国的子民，由于两大族群的战乱，使得他们无法容身，在不得已的情况下，大伙儿逃难至此。

找到这个庇护之所后，刚开始时，大家都其乐融融的，都为能寻得这么一个世外桃源而感到高兴。

更可喜的是这里有一条小溪，还有一口水塘，溪里还有捞不尽的鱼，加上小伙子们上山打的猎物，大家勉勉强强可以维持生活。

他们还想等明年开春时，开垦一些土地来，种植黍米。能有一个可以生息繁衍的地方，真是老天爷赐予的恩赐。

谁知道厄运来临，有一天，几个小伙子去水里捞鱼，忽然遇到一个像鳖一样的动物，它的嘴巴里能弹射出毒液。大伙儿起初不知道其有危险，谁也没有在意。

只见这个叫短狐的动物悄悄把头露出水面，把汁液弹射到年轻人的身上。只听得“噗、噗、噗”的声响，年轻人全倒在了水里。岸上玩闹的孩子们吓坏了，赶忙回来叫人。

大伙儿把这几个年轻人抬回洞里。大家也看不出他们有什么受伤的地方，只是他们都捂着胸口痛苦不堪，嘴里也说不出话，脸上也没有任何表情。

受伤的年轻人回来后，一些老人、女人和孩子便在旁边帮忙，帮助他们把湿了的衣服换下来，谁知这毒液是无色无味的，还会传染，凡是接触过的人，都变成了哑巴，脸上也没有了任何表情。

老人一边说，一边表现出痛苦的神情。

这么多人，每天得吃饭，剩下的几个健康的年轻人也不敢下水去捞鱼了，只能在岸上站着用别的方法打捞，但不幸还是遭到短狐的偷袭，也都躺下了。

无奈之下，没有人再敢去岸边，更不敢去水里，老人、孩子、女人只能去陆地上寻找吃的，但挖来的野草和捕捉的昆虫根本无法支撑大家的生存需求，没有办法，大家只能去更远的地方找吃食，于是发生了偷盗黍米的事。

老人说完低下头，深深地叹了一口气。

族长马腾听完老人说的话，走到躺在木板上的年轻人面前，一个一个察看他们的病情。刚开始，老人不让马腾过去，怕他也被感染。谁知道马腾告诉老者，他们族群的人，不怕毒物，吃毒虫就跟吃辣条一样。

马腾让跟他来的年轻人都回去拿一些黍米过来，帮助这些人渡过难关，同时请郎中过来帮大家治病。洞里的人们听了马腾的话，都跪了下来，感谢马腾的恩德。

马腾让大家都起来，道："每个人都会遇到困难，只要大家团结起来，共同面对，就没有过不了的坎。"

他同时告诉大家，明天会带领族里的年轻人过来，彻底消灭短狐，让大伙儿重新过上充满欢声笑语的日子。

八、吃蛇像吃辣条一样

天民国的族人不知道的是，蜮民国的人是毒物天生的克星。虽然马腾告诉天民国的老者他们专克毒虫，但是接下来的操作还是让天民国的人惊掉了下巴。

今天马腾他们出发得早，上午时分就到了岩洞，洞里能行动的人都出来迎接他们。

马腾过来的时候，不仅带着年轻人，还带着女人和孩子。孩子们的心思是最单纯的，一会儿的工夫，他们就嬉闹在了一起。

紧接着所有人都来到了小溪边。马腾把小伙子们分了组，在水里寻找短狐，胆子大一点的孩子也下到了水里。

只听得一声惊呼，一条水蛇向刚下水的蜮民国孩子袭去。天民国的人们心都紧缩成了一团，生怕水蛇会伤害到孩子，不由得发出了惊叫声。

然而令人意想不到的是，蜮民国的孩子们并没有害怕，其中的一个孩子爆发力快的让人不敢相信，只见他把手伸进水里，不一会儿，等他站起来的时候，一条一米长的水蛇已经被他牢牢抓在手中。

天民国一些胆小的妇女惊得捂住了眼睛。然而，更令人想不到的事发生了，这些孩子竟然把蛇放进嘴里，一截一截吃起来，还吃得津津有味，惊得天民国的人们个个目瞪口呆。

这下他们终于相信了族长马腾说的话，蜮民国的人天生不怕毒物，他们是毒虫的克星。

下到水里的年轻人都拿着棍子搅动水面，寻找短狐，棍子碰到游动的鱼儿，鱼儿纷纷跳起，带出的水珠打湿了年轻人的脸。

一个年轻人在一片石块下面发现了短狐，他们分工协作，一个用棍子捅，一个迅速用弓箭射杀，弓箭手目不转睛地盯着水面。突然，一股汁液喷射到了弓箭手的面庞，只见他全然不理会，迅速地射出一箭。短狐死了，几个小伙子忙围过来，用石头把它砸开，分而食之，看得天民国的人心惊胆战。

族长马腾告诉大家，他们不仅喜欢吃黍米，也喜欢吃毒虫。

九、互帮互助其乐融融

在蜮民国人的帮助下，天民国的人得到了救助，小伙子们也都治愈了，个个又都变得生龙活虎的，天民国人的生活蒸蒸日上。

没事的时候，两族的老人还会来回走动，彼此成了很好的朋友，再也没有出现偷盗的现象。看来老人们的智慧是无穷的，从根本上解决问题，让大伙儿都过上了其乐融融的生活。

族长马腾跟天民国的头领阿牛也结成了兄弟，他们最喜欢的一件事，就是在闲暇的时候一起饮酒。

说起酒，还有一个故事。酿酒是天民国人与生俱来的技能，他们不论何时何地，只要有原料在手，经由他们的手，都能将其转化为美酒。

第一次在洞里见马腾的老者，就是最出色的酿酒师傅。

在这之前，蜮民国的人没有喝过酒，也不懂酿造。天民国人为感谢蜮民国人的救助，把自己酿造的最好的美酒都送给了蜮民国人。

天民国人和蜮民国人，此刻都围着烤好的野兔坐着。天民国的人把酒倒在碗里，让大家品尝，大家一边吃兔子肉，一边喝美酒。想不到世上还有如此美味的东西，大伙儿欢闹着，不禁唱起了山歌。

不论哪个国家，哪个种族，只要真诚相待，互帮互助，都会成为最好的兄弟。

附录

生僻字词注音解释：

xiào
𫍲：呼唤；大叫。

luòtáng
雒棠树：古代传说中的树名。

gǎobá
藁茇：一种多年生草本植物。

zhì
毫彘：豪猪。

傲咽：传说中的怪兽。

yù
蜮民：以射杀蜮虫为食。

短狐：古代传说中的害人虫。